Erri De Luca

Pas ici, pas maintenant

Traduit de l'italien
par Danièle Valin

Gallimard

Cet ouvrage a paru initialement aux Éditions Verdier
en 1992, sous le titre *Une fois, un jour.*

Titre original :
NON ORA, NON QUI

Erri De Luca est né à Naples en 1950 et vit aujourd'hui près de Rome. Venu à la littérature « par accident » avec *Pas ici, pas maintenant*, son premier roman mûri à la fin des années quatre-vingt, il est depuis considéré comme un des écrivains les plus importants de sa génération, et ses livres sont traduits dans de nombreux pays. En 2002, il a reçu le prix Femina étranger pour *Montedidio*.

Tant que la lumière fut dans ses yeux, mon père fit des photographies. Toute une étagère se remplit de nos images prises dans des circonstances particulières ou banales. La récolte dura dix ans, pas plus : des premières années de bien-être à celles de la perte de sa vue. Ainsi reste illustrée jusqu'au détail une époque, peut-être la seule que j'ai réussi à oublier. Les albums, les archives ne soutiennent pas ma mémoire, mais au contraire s'y substituent.

Ce fut un temps de bouleversements entre mes neuf et dix-neuf ans, quand survinrent nos déménagements dans des quartiers plus agréables et que notre pauvreté finit à l'improviste avec l'enfance. Dans notre nouvelle maison, la belle, on ne parla plus de l'autre condition : une rue en pente, la pluie dans la cuisine, les cris dans la ruelle.

Où habitions-nous avant ? Dans une autre ville. On entendait parler le dialecte là aussi, mais il faisait si noir au fond des escaliers raides et délabrés.

Nous ne parlions pas napolitain. Nos parents se défendaient de la pauvreté et du milieu avec l'italien. Ils étaient très seuls et ne recevaient pas d'amis, ne pouvant les accueillir dans un lieu si exigu. La guerre avait détruit tous leurs biens. Ils y laissèrent l'aisance de leur première condition. Ils furent un couple incapable de donner une soirée. Je les ai souvent entendus évoquer ce souci, symbole de longues années difficiles.

Puis vinrent les transformations qu'ils avaient désirées et pour lesquelles ils avaient tenu bon.

À nous autres enfants, moi d'abord, par ordre d'apparition, puis ma sœur, on nous donna une éducation qui me sembla toujours appropriée au manque d'espace et de moyens ; on parlait à voix basse, on se tenait bien à table, essayant de ne pas salir le peu de vêtements décents que nous avions. On se déplaçait avec discipline dans le petit logement. On prit moins garde à ces usages dans la nouvelle maison, mais ils restèrent toujours gravés dans mon cœur, signes d'une mesure à jamais perdue entre moi et la portion du monde qui m'était impartie.

Je n'arrivais pas à bien parler. Alors que mon esprit décidait de la première lettre, ma bouche se pressait d'émettre la dernière. J'étais bègue par hâte de conclure. En contrepartie, je savais trouver le point d'équilibre des objets. « En contrepartie » : j'utilise cette expression parce que je crois que l'habileté a un lien de réciprocité avec la maladresse. Je parvenais à faire tenir les choses en équilibre pendant un assez long moment : une fourchette restait droite sur ses pointes comme une ballerine quadrupède, une plume restait sur la feuille, dessinant le point. Pourquoi donc l'équilibre des choses devait-il me consoler de la bousculade des mots dans ma bouche ? À cela je ne saurais répondre, tout en gardant la ferme conviction qu'en moi les deux caractéristiques se compensaient.

Une histoire, qui me poursuit du plus profond de ma mémoire, parle d'un ange qui frappe la bouche des enfants à l'heure de leur naissance. Il avait dû me donner un coup un peu plus fort, voilà pourquoi je bégayais : c'était la version de la légende qu'on me racontait. Dans mes nuits d'enfant un ange venait souvent frapper à ma bouche, mais moi je ne parvenais pas à l'ouvrir pour lui souhaiter la bienvenue. Au bout d'un moment il s'en allait et dans le noir restaient ses plumes et mes larmes.

Je ne racontais pas ces choses-là, pourtant je pensais que les adultes connaissaient mal les histoires, mal la mienne. J'étais un enfant plus pensif que sage.

Comme tous les autres je désirais un chien, impossible à obtenir dans notre peu d'espace. Je me pris d'affection pour une balle jaune aux mille couleurs passées et sa bonne odeur de caoutchouc. Quand j'étais seul dans la pièce, la balle, de joie, me sautait dessus et jouait à ne pas se laisser prendre. Tout à coup ma mère criait d'arrêter et la balle craintive allait finir sous le lit. Sa voix gouvernait mon souffle, capable de le suspendre au plus léger haussement de ton. Cette voix tenait une grande place dans le monde qui était le mien. J'appris à l'entendre même au-delà des murs.

Depuis quelque temps, le soir, je fouille et farfouille dans les vieux négatifs de mon père. J'ai fait retirer tous les clichés. Sur l'un d'eux je me suis arrêté.

Je ne comprends pas qui a pu le prendre. Il représente un bout de la rue où nous nous rendions le dimanche : la Torretta. Je reconnais les vitrines du bar Fontana avant qu'on ait remplacé la vieille enseigne. Nous y allions pour acheter des gâteaux et pour faire les courses au marché couvert, du temps de la nouvelle maison. Ma petite sœur nous accompagnait volontiers, joyeuse ou grognon, mais toujours excitée par la sortie en famille. Moi, le dimanche, la ville m'angoissait. Les autres jours tout paraissait normal, le poids de la foule, les autos à quelques centimètres de nos pieds, là où la gêne d'être les uns sur les autres imposait de continuels écarts. Sur les visages du dimanche le sourire se flétrissait d'un regret de plus : même aujourd'hui, même ici. Le jour de fête apportait entre nous aussi les plus brusques changements d'humeur. Je n'ai que trop souffert des irritations qui troublent l'air inopinément et font baisser les yeux. Ces années-là, je suivais notre formation dominicale comme un poids mort et ne pus guère en être dispensé avant l'âge de seize ans environ.

Je voyais qu'il se passait quelque chose dans la ville, ce n'était pas seulement le malaise d'une petite personne troublée de n'être plus un enfant. Je la connaissais, depuis notre ruelle, comme une ville immobile, composée de strates, surpeuplée. Je connaissais la fièvre habituelle de ceux qui ne veulent plus être pauvres. Mais une excitation nouvelle courait à fleur de peau, un appel à se hâter. Sans aucune raison apparente les pauvres étaient poussés par un sentiment d'urgence. Je ne pouvais rien voir d'autre sinon l'application d'un conseil mystérieux, entendu de tous : dépêchez-vous. Sur les trottoirs on ne cédait pas le passage, on ne se découvrait pas, on n'évitait pas l'agent de police. Les pauvres avaient laissé tomber les bonnes manières de la patience et de la peur, ils s'habillaient mieux. Dans ma ruelle les femmes n'étaient que cris. Je ne les comprenais pas quand la colère montait par la gorge de leurs entrailles jusqu'aux yeux. J'entendais en revanche leurs éclats quand elles s'appelaient à distance et j'aimais la cantilène d'un nom lancé du pavé jusqu'au dernier étage, noms aux multiples lettres, précédés d'un titre et suivis d'un diminutif : donna Cuncetti-naa. Ensuite, la communication s'étant établie au-dessus du vacarme, suivait, pour de brèves nouvelles, un dialecte sec, avare de syllabes. Mais les cris de colère je ne pouvais les comprendre. Pendant presque toute mon enfance j'ai eu la chair de poule. Que de dégoûts a provoqués en moi la ville qui ne s'en soucie guère. La morve au nez, le crachat, la toux catarrheuse, la dysenterie que donnait le froid déclenchaient un vomissement qui obstruait ma gorge. J'en avais honte. Les adultes qui m'en faisaient reproche avaient raison.

Le froid donnait la courante. Je ne l'ai su qu'enfant, et aujourd'hui j'ai comme l'impression d'inventer un fait plus que de l'évoquer. Je l'ai redécouvert par un matin d'hiver alors que je me trouvais, bien des années plus tard, sur la place des cars à Brunico, dans le Sud-Tyrol. Ce froid sentait le gel repoussé hors des maisons, les sapins gonflés de neige, le cuir enduit de graisse, les bouffées des cafetières. Je le respirai et me rappelai aussitôt la puanteur de ma rue où la voix gelait dans la gorge des passants, plus personne ne parlait normalement, ils bégayaient tous. Les mains étaient enflées, la dysenterie envahissait l'espace étroit que nous partagions ; chez moi on avait l'habitude de dire : puer de froid. À Brunico je sentis l'arôme parfumé du gel, l'allégresse qu'il peut contenir et que je ne connaissais pas. Je sus que le froid pouvait aussi embaumer. Des cheminées, la fumée s'élevait droite et fine comme l'encens allumé avec art.

J'étais difficile, une faiblesse dure à cacher.

Je n'avais pas honte de paraître délicat, mais du manque d'indulgence que ma répugnance révélait. Un enfant ressent bien des différences même s'il ne sait pas les marquer. Je m'efforçai de dissimuler mes dégoûts, je m'exerçai de la sorte comme un étranger.

Ville, dimanches : d'aussi loin que je me souvienne je n'ai pas su en faire partie.

Ainsi se déployait le peloton familial : mes parents précédés de leur fille et moi qui les suivais, avec un léger retard.

C'était l'âge où mes camarades prenaient leurs distances avec la maison, s'exerçant aux premières ruses de la liberté. Ils gagnaient de nouveaux territoires en ville et les premières rallonges sur l'horaire du retour à la maison.

Je n'essayais pas d'en faire autant. Le dimanche je souhaitais être ailleurs, n'importe quel pays, n'importe quelle fatigue. À quoi pouvait me servir de marchander les quelques mètres de distance sur le petit peloton, ou l'horaire du samedi soir ?

Ce n'étaient pas des années de jeunesse, celles que nous étions en train de vivre. Alors je l'ignorais, l'adolescence est une des stations de la patience, attendant de consister en de futurs accomplissements. Ces années étaient étriquées, le monde immense. Les garçons avaient peu de distractions. Ils s'attendaient à la sortie de l'école, se retrouvaient à la maison, essayaient au bal de nouvelles musiques. Je ne les suivais pas et j'étais à court d'arguments pour expliquer ma réserve.

En classe, lors de l'appel, l'énoncé de mon nom me faisait sursauter. Ce n'était qu'un sigle mais c'était déjà un ordre, mal prononcé, mal annoncé. C'était le mien depuis peu et il était déjà fripé. L'ennui d'en porter un me prit tout petit et me poussait à ne pas répondre à la question, fût-elle courtoise : « Comment t'appelles-tu ? » Mon père, qui tenait beaucoup à son nom, attribuait mon impolitesse à la honte de ne pas bien savoir le dire sans bégayer. Pour cette raison il était compréhensif, et répondait à ma place d'un ton solennel. Il m'inculquait ainsi le respect du nom, mais moi j'avais du mal à m'en rendre maître et celui qu'il prononçait n'était qu'une variante du sien, pas encore le mien. C'est pourquoi je restais silencieux, je répondais de moi en silence.

Il me fallut beaucoup de temps pour accepter mon nom, rendant ainsi hommage au fait que d'autres avant moi avaient porté le même. C'est seulement l'adulte qui remonta les générations. Enfant je n'admettais pas le passé.

Sur la photographie que j'ai sous les yeux, on peut lire des enseignes, la publicité énigmatique d'une boisson affirme : « Se bevi NERI NE RIbevi[1]. » Un vieil autobus attend à l'arrêt.

1. « Qui boit NERI EN REboit » (*N.d.T.*).

Leurs pots d'échappement dégageaient une fumée noire à chaque démarrage et empuantissaient les gens qui attendaient.

Il n'y avait pas de passages pour piétons, on traversait n'importe où.

Je regarde la photographie. Elle s'agrandit, je ne m'en étonne pas plus que des détails que je parviens à saisir. Les gens sortent des pâtisseries avec des paquets enveloppés dans ce papier bleu décoré d'une fontaine imprimée en blanc. Quand on l'ouvrait à la fin du repas il faisait un vacarme qui couvrait toutes les voix et provoquait attention et salive.

Les gens débouchent de la rue du petit marché. Le format de ce que je regarde augmente, l'échelle décroît : un pour cent, un pour cinquante, un pour dix, jusqu'à ce que la dimension des passants atteigne ma taille ou moi la leur.

Tout est immobile autour, moi seul pourrais bouger.

Je scrute des yeux les visages des passants, parmi eux je vois le tien, maman.

Tu es jeune, d'un âge dont je ne me souviens plus. On dit que les mères n'ont pas d'âge. Enfant, je voyais en toi toutes tes années, la vie se déroulait en un jour, mourait avec le sommeil et renaissait au réveil. Au cours de la journée tous les âges passaient sur ton visage, aucun ne s'y arrêtait une heure. Tu étais l'immuable, tu naissais le matin, mourais le soir, apparaissais et disparaissais par la même porte, introduisant la clarté du matin et la remportant derrière toi le soir, laissant un petit rais de lumière sous la porte qui fermait mal.

Tous les âges en un jour : ce doit être difficile d'être regardé de façon si erronée par un fils sans jamais le savoir.

Pouvait-on imaginer le tourment de l'enfant qui ne veut pas dormir : ce n'est pas moi qui tous les soirs mourais dans le noir, mais toi. Alors, sur la pente du sommeil je te tenais par ton nom, serrée entre mes dents et mes mains fermées, et je renversais les yeux en arrière. Nous restions sous l'eau un instant, puis reparaissions ensemble dans le rêve. Ainsi je te sauvais tous les soirs. Et, lorsque tu te sentais soulagée de voir enfin l'enfant endormi, tu ne pouvais deviner l'appréhension qu'il avait à entrer dans le courant des songes. Peut-être forment-ils au monde. Ton fils était certes bien peu doué pour se faire comprendre et peut-être peu disposé à le vouloir. Une floraison de réticences préparait son identité.

Tu es seule, tu portes ton manteau marron, lourd, premier signe du bien-être. Il tombe sur toi comme une capote de soldat mais ne parvient pas à cacher ta minceur ni ton élégance. Tes cheveux sont longs, ils n'ont pas encore subi la coupe qui décida que tu n'étais plus jeune. Au bras tu portes un sac noir.

Tu t'apprêtes à traverser la rue. Tu es gênée par un autobus arrêté le long du trottoir d'en face. Quel âge as-tu cet hiver-là ? Peut-être la moitié de celui que j'ai maintenant, tu es dans la trentaine.

Bien vite apparurent les cheveux blancs que tu ne voulus pas teindre, te souciant peu de corriger les détails de ton image. Tu paraissais moins jeune que les femmes de ton âge, mais tu repris l'avantage sur le tard. J'ai vu des femmes tomber dans l'âge suivant comme on rate une marche, par mauvais calcul, pour avoir voulu retenir trop longtemps le précédent.

Ta jeunesse fut troublée par la guerre. D'abord les préoccupations de l'urgence quotidienne, vivres, bombes, hommes éparpillés sur les fronts ou dans les cachettes, puis les arrangements et la nouvelle pauvreté d'après-guerre, une fois perdus maison et biens, te reléguèrent dans la maison de la ruelle. Au milieu des meubles qui te venaient du déménagement d'un homme tu compris, par un après-midi étouffant, dans une pièce exiguë, le soleil tombant à la verticale sur les casseroles, alors que tes enfants tout petits transpiraient dans le sommeil de la mi-journée, que telle était devenue ta vie, ça et rien d'autre, ta famille sans appel, et un homme nerveux couvert de brillantine et de livres était le tien, ton mari, pour toujours.

Je ne sais pas grand-chose de toi, mais il se peut bien que cette pensée et ce jour-là aient existé. Alors, brusquement, tu auras gagné la fenêtre de la cuisine donnant sur la ruelle, pour ne plus la sentir autour de toi, cette maison ; là, tu auras trouvé les mêmes draps fraîchement lavés de l'étage au-dessus qui nous privaient d'air, apportant l'âpre odeur de lessive qui picotait la gorge.

Le dos bien droit, indifférente au va-et-vient, telle était ta démarche dans la rue. À ce moment-là, j'étais en accord avec ton assurance. Tu tenais en respect la foule inquiétante et tu la fendais comme on coupe les rangs. Tu possédais en toi un sauf-conduit. À table revenaient quotidiennement les récits d'événements terribles, brutaux. Le déchaînement de la violence pénétrait le sommeil, les cauchemars n'avaient nul besoin d'imagination. En ville l'agresseur abandonnait toute prudence, c'était au passant d'apprendre les règles de l'art d'éviter vols et blessures.

Je regarde ton visage : toi, tu regardes. Étrange que dans la rue tu poses le regard sur quelque chose. Tu fixes l'autobus.

Tu viens de descendre du trottoir mais, les pieds joints, tu n'essaies pas de traverser. On dirait que tu t'es arrêtée d'un coup. Aucune voiture à l'horizon.

Une forte lumière blanche, drue, filtre, peut-être de nuages élevés. Qu'il ne s'agisse plus de la photographie, mon nez me le fait sentir. C'est l'odeur de la Torretta le dimanche :

marché, foule, froid. Du four se répandent des vapeurs de cuissons et du charreton d'en face les cacahuètes exhalent leurs effluves grillés. De la friterie sort la fumée grasse de la pâte qui gonfle. Les anchois, le poisson pesé pour le client, vidé sur le trottoir et rincé dans un seau d'eau : l'air se charge de toutes les odeurs et les mélange jusqu'à la nuit.

Il manque celle du café. C'est un parfum secret, protégé : celui qui le fait ne le gaspille pas, rebouche la boîte, met son capuchon au bec de la cafetière, ferme la fenêtre de la cuisine. Celui qui le fait le respire tout entier, à l'abri, avant même de le boire.

Tu regardes devant toi un point de l'autobus qui a surgi en face. Tu n'as pas ton visage de vent. Je nommais ainsi l'expression que tu prenais lorsque tu passais dans la rue, semblant affronter le sirocco. Tes pommettes tiraient ta peau dans un plissement de paupières, tes nerfs recouvraient ton visage mieux que le voile d'une Arabe.

Tu es en train de fixer quelqu'un et tu ne penses pas à la rue.

Il y a des yeux, dans certains tableaux, qui suivent le spectateur où qu'il se place. Il en est ainsi pour moi maintenant ; toi tu regardes et moi j'ai l'impression d'être regardé.

Alors j'avale ma salive, je frissonne de froid. La chaise s'est faite dure et une vitre nous sépare, une vitre d'autobus. Moi, je suis assis à l'intérieur, je suis tourné vers la fenêtre et toi tu me regardes.

Tu ne me reconnais pas. Je suis un homme entré dans la soixantaine et toi, tu as la moitié de mon âge.

C'est possible, car le possible est la limite mouvante de ce qu'on est disposé à admettre. C'est ce qui arrive et je n'en suis pas troublé. Je sens que ça s'est déjà passé, ailleurs. Une autre fois, je le sais maintenant, je t'ai vue à travers la grille d'un jardin de San Giorgio à Cremano, petite fille qui jouait avec la terre, ou à travers les vitres d'une véranda, poursuivant tes frères autour d'une table de salle à manger et poursuivie par eux.

Je sais voir à travers. Ce n'est pas comme la vie-des-jours, qui se rit des écrans, c'est comme la vie-inattendue-des-moments, qui se révèle, mais avec la protection d'un diaphragme, qu'il soit photographie, grille, fenêtre ou larmes aux yeux. Je suis ton fils, l'étranger dont le profil s'est stylisé entre la vitre d'une maternité, qui sépare le nouveau-né de sa mère, et celle d'un autobus.

Tu ne me reconnais pas.

Je pense à nos tablées. Dans la maison de la ruelle nous mangions sur le marbre de la table de cuisine, assis sur des chaises paillées comme des chaises d'église. Il fallait saisir les choses doucement, les accompagner pour éviter les chocs. L'espace était réduit, le moindre geste faisait du bruit. Dans la maison suivante, à table, il y avait des nappes, des chaises rembourrées et on parlait, on se taisait aussi, d'une autre façon : on racontait les choses de l'école et l'air s'assombrissait car, bien que travaillant, nous rapportions des notes insuffisantes. Les reproches s'étendaient à tout le reste, coupaient l'appétit. Je sentais le poids de la nourriture, de la chaise, du temps ; alors que même le marbre était léger à la table sur laquelle j'avais appris à ne pas faire de bruit, à laquelle j'apportais les nouvelles de mes bonnes notes.

Autour de la table de la belle maison il n'y avait plus moyen d'être légers. Aux comptes rendus de tes visites aux enseignants, je ne pouvais répliquer. Mes mots se seraient mis à boiter et tu te serais fâchée encore plus. Tu pensais que je le faisais exprès. C'est une pensée que je n'ai pas écartée, car il faut savoir porter la responsabilité de ses propres faiblesses ; et puis, que tu me suspectes d'une réelle culpabilité me rendait un peu plus fort.

Une fois, exaspérée par mon défaut, tu m'accusas de faire exprès de bégayer. Dans le silence effaré qui me saisit, je me sentis flatté en secret : tu m'avais prêté une aptitude en m'attribuant la maîtrise de cet accident. Mes yeux se fermèrent comme ils le font quand une image imprévue pénètre en soi et qu'on cherche à la retenir dans le noir pour bien la comprendre. Toi, tu interprétas ce silence comme l'effet d'un coup trop dur et tu t'emportas contre toi-même. De ce jour, tu n'osas plus le dire, mais à table, après les reproches que nous valaient les choses de l'école, notre silence retombait, lourd d'équivoques.

La séance du repas était levée quand l'un de vous quittait la table.

Seule Filomena osait rompre la consigne du silence en entrant pour apporter le plat de résistance et les légumes, insensible à toute atmosphère, sourde et braillant donc d'une voix forte.

Tu t'obstinais à la corriger, ma petite sœur imitait avec elle tes intonations. Elle avait soixante ans lorsqu'elle entra à notre service.

Je m'apercevais parfois de son brusque silence sous une kyrielle de reproches. Le plus souvent, comprenant ce qu'elle pouvait, elle répondait à côté, à voix haute, soucieuse de s'expliquer à sa façon ce que tu lui disais. Elle reprenait tes propos en les déformant, se lançait avec excitation dans des excuses embrouillées. Ce qui avait pour effet le plus sûr d'accroître ta contrariété.

Par moments elle se taisait d'un coup, tournait son regard ailleurs, laissait tomber ses bras le long de son corps. Qu'elle se fige ainsi me faisait mal. J'évitais donc toute remarque, redoutant qu'elle n'accuse je ne sais quel coup, dont j'ignorais la portée. Quelques mots innocents de ton italien sonnaient peut-être comme une offense dans sa langue d'insulaire, plus âpre que le napolitain, plus traînante. Ainsi, après avoir fait irruption dans l'atmosphère lourde de la tablée, elle s'en retournait à petits pas en poussant la table roulante. On apercevait ses cheveux encore noirs, tressés, enroulés en chignon sur sa nuque et noués dans un fichu. Puis, tout au bout du couloir, elle fermait la porte derrière elle. Dans cette maison du bien-être la salle à manger était loin de la cuisine, ce qui l'obligeait à une incessante navette avec la table roulante pour mettre le couvert et desservir.

Quand elle avait besoin de quelque chose, elle venait vers toi, n'hésitant pas à te couper la parole. Elle t'interrompait même si tu étais au téléphone, sans y prêter attention. Toi, tu avais renoncé à modifier son comportement, d'une voix résignée tu lui disais seulement : « Filomé ». Tu n'ajoutais plus que tu étais en train de parler, qu'elle pouvait bien attendre un moment. Alors elle disait : « Vous parlez ? » et aussitôt posait sa question.

Quand l'atmosphère de la table était plus lourde et que son irruption intempestive dans notre silence te dérangeait davantage, tu employais à nouveau ton « Filomé » découragé. Machinalement elle te répondait : « Vous parlez ? »

Nous nous taisions. Dès qu'elle partait, nous reprenions.

Attends, maman, ne sois pas si pressée, même immobile sur une photographie. Nous nous trouvons dans une étrange situation et cette voix qui est la mienne, qui s'écoule et nous réunit à nouveau, se taira.

Sois patiente, je me suis arrêté à Filomena, qui rompait le silence, et je veux encore la rappeler à notre souvenir.

Elle avait des tics de langage religieux qui plaçaient chaque action de la journée sous la tutelle de la Madone omniprésente : où que j'aille, si je l'en informais, elle m'assurait que j'étais accompagné. « Filomé, si on me téléphone, appelle-moi, je suis aux toilettes. » Même dans ce cas, elle me répondait avec confiance : « Va, va mon fils, la Madone t'accompagne. — Non, Filomé, aux toilettes, il vaut mieux que j'y aille seul. »

Alors elle riait par saccades et surenchérissait : « Que le Seigneur te rende riche, riche comme la mer. »

Elle venait d'une île mais c'était une paysanne. Elle savait que la terre comme la mer étaient riches et, comme les riches, avares.

Le soir, elle regardait un peu la télévision et brusquement éclatait de rire hors de propos, même durant un passage pathétique ou dramatique d'un film. Il ne servait à rien de lui expliquer ou de la rabrouer : elle regardait le spectacle pour s'amuser, elle voyait la scène à sa façon. L'exaltation, dans les gestes comme dans les sentiments, lui sembla toujours ridicule.

Elle était de petite taille, forte, les joues rouges et lisses, les oreilles longues. Au début de notre vie en commun elle mangeait le beurre par morceaux avec appétit. Elle faisait recuire nos restes de légumes et, une fois refroidis, en buvait l'eau à la régalade.

Avec ses premières économies elle acheta deux boucles d'oreilles en or qu'elle suspendit à ses lobes déjà percés. Elle avait eu des temps meilleurs, une boulangerie et un mari. Elle conservait dans son corps le souvenir des deux, les mains brûlées par le four et dans ses os les douleurs du bâton les soirs d'ivrognerie. Ses paumes étaient si insensibles au feu qu'elle se passait de torchon pour saisir les manches des casseroles en les retirant du fourneau.

Elle avait une voix aiguë, à la tonalité de trompette. La sonnerie du téléphone l'agaçait, elle avait selon elle une insistance déplacée.

Elle étonnait par ses erreurs de langage toujours fondées sur une assonance. « Ce matin je suis sortie sur le balcon, il faisait un de ces froids que je me suis congédiée. »

« Quelles belles oranges rouges sanguinaires ! »

Cela faisait rire. Le théâtre comique napolitain a volé dans la bouche même des gens tout un répertoire inépuisable de telles altérations.

Pour moi elles étaient la preuve de l'effort accompli par Filomena pour parler comme nous, pour s'adapter ; peut-être même, au fond de son cœur, pour s'améliorer. L'assonance était donc son approche du mot exact, c'était tout le chemin parcouru pour apprendre et essayer de répéter, auquel il ne manquait qu'un seul pas, un seul sou. À cause de ce défaut précisément tout son effort partait en fumée et la phrase, le mot sortait estropié, à jamais marqué du sceau du ridicule.

Elle faisait rire, elle ne s'en vexait pas. Par quel miracle de l'esprit certaines créatures ne souffrent-elles pas des rires qui se déversent sur leurs efforts, sur leurs difficultés ?

Cette grâce qu'elle avait reçue m'a toujours fait défaut : ce bégaiement, dont je fus délivré bien plus tard, me faisait transpirer en classe pendant les interrogations. Par cette eau mon visage se lavait des brusques éclats de rire de ceux qui fixaient mes lèvres. On remarque le pied blessé du boiteux, l'œil blanc de l'aveugle, le moignon du membre amputé : le défaut attire l'attention au point qu'il suffit à lui seul à définir la personne tout entière. Ainsi, la confusion des mots, à l'entrée ou à la sortie, pour le sourd ou le bègue, déclenche le rire aussi sûrement que celui qui tombe ou perd l'équilibre. Parler c'est parcourir un fil. Écrire c'est au contraire le posséder, le démêler.

Filomena répondait sèchement au téléphone. Un jour, tu appelas pour lui laisser un message. « Allô, Filomé, c'est Madame. » Et elle aussitôt : « Madame n'est pas là » et elle raccrocha.

À cette époque, il était d'usage de se faire appeler Madame par une femme plus âgée avec laquelle on vivait depuis des années.

Il m'arrivait d'être intimidé en face d'elle.

Je porte encore en moi le poids d'un souvenir. Une fois, elle m'appela à la cuisine et balbutiant, désespérée, me dit à voix basse qu'on lui avait volé son argent chez nous. D'une main elle serrait très fort son poignet pour l'empêcher de toucher mes vêtements.

Les économies d'une vieille femme qui travaillait du matin au soir avaient disparu avec Dieu sait quel profiteur venu parmi ceux qui nous tenaient quelquefois compagnie à nous, les jeunes, le samedi. Elle les gardait dans une boîte à chaussures au fond d'un sac de la salle de bains de service, se méfiant des banques où il fallait se rendre régulièrement pour demander comme une faveur de l'argent qui lui appartenait.

Elle était désarmée, trahie, elle s'efforçait de parler à voix basse, s'adressant à la personne la plus impuissante de son entourage. Elle serrait ses poignets pour ne pas me toucher.

J'ignore ce que l'on fit, si on la remboursa en partie ou totalement. J'ai gardé à l'esprit ce désespoir sous le coup d'une injustice, les yeux de qui la subit, l'admet. Filomena, dans une maison étrangère, dans notre cuisine qu'elle avait astiquée, par un début d'après-midi, sans l'ombre d'une prière, s'adressait à un petit garçon presque muet. De ma vie il ne m'a été donné de revoir une telle confiance à mon égard. À ce moment-là, j'ai dû comprendre pour la première fois que le mal est irrémédiable et qu'il est impossible de réparer un tort quoi que l'on fasse ensuite. Le seul remède est de ne pas en commettre et ne pas en commettre est en ce monde l'œuvre la plus ardue et secrète.

Filomena partit un jour tôt le matin ; comme elle le faisait lorsqu'elle regagnait son village sur l'île, quinze jours par an. Elle emportait un sac aussi grand qu'elle, rempli de pain sec, bien calé sur sa tête, et deux autres, un à chaque bras. Elle descendait la colline à pied et longeait le bord de mer jusqu'au port. Elle se chargeait de vêtements que nous ne mettions plus pour son frère faible d'esprit, et de nourriture, plus qu'elle ne pouvait en porter.

Elle nous donna son congé parce qu'elle n'arrivait plus à faire face au travail de la maison.

Je t'en parle, car jusqu'ici l'occasion ne s'était

jamais présentée et ne se renouvellera plus. Nous avons vécu avec des personnes que nous aimions sans le savoir, que nous maltraitions sans nous en douter : un beau jour elles disparaissent et on n'en parle plus. Elles ont laissé une odeur d'eau de Javel dans notre main qu'elles ont serrée, une caresse rêche et maladroite, elles ont lavé nos sols en chantant avec une gaieté que nous n'avons jamais ressentie. Telle fut leur vie irréductible que nous avons ignorée tant qu'elle fut parmi nous et dont aujourd'hui nous prenons conscience seulement parce que nous l'avons perdue. Je t'en parle, maman, car il en sera de même entre nous.

Tu me décrivais les pires choses du monde. Tu me faisais connaître tes indignations devant le mal accompli et subi par les hommes.

Lorsqu'il t'arrivait de raconter ce genre d'histoires tu ne supportais pas qu'on puisse tempérer ta réprobation et tu t'énervais contre papa qui s'efforçait de modérer tes propos. C'était donc moi ton interlocuteur préféré, le muet, l'entonnoir.

Cela se passait dans notre première maison, quand j'étais enfant. Puis tu cessas de me prendre à témoin.

Je t'écoutais et voilà ce qui se passait : ta voix se tendait et la représentation matérielle de ce que tu disais commençait en moi. Je m'identifiais physiquement à tes histoires. Un enfant giflé, tiré par les cheveux, que tu avais vu dans la rue, prenait chair en moi et je revivais sa douleur. J'avais mal à l'endroit même où il avait été frappé. Mes nerfs réagissaient à tes mots par des projections localisées, ta voix les frappait avec précision.

Mon cœur au contraire se contractait jusqu'à retenir mon sang tant qu'il pouvait. Puis ta voix s'arrêtait. Je ne te regardais pas durant ton récit. De cette façon tu as fait défiler pour moi une nuée de douleurs, de vieillards, de malades, de misères, de bêtes. J'ai fini sous des voitures, lapidé, brûlé, j'ai eu froid sans espoir de refuge pendant de longues journées de sèche tramontane qui arrachait par lambeaux la chaleur de mon corps. J'aurais pu t'écouter sans fin. Tu me formais au monde comme le faisaient mes rêves.

Tu me lançais dans des voyages d'où je rapportais ce que tes yeux avaient vu. Le mal n'était pas perdu si quelqu'un le gravait dans son esprit, le gravait dans sa peau. Je n'étais pas ému, je restais immobile, enfermé dans le songe physique où je suivais tes mots pour les interpréter.

Je devais te paraître indifférent, peut-être l'étais-je devenu à tes yeux. Mais tu ne t'occupais pas de moi quand tu racontais, il te suffisait que je sois à l'écoute. Quand mon sang faisait un dernier plongeon dans ma poitrine et s'échappait de mon cœur serré, tu avais fini.

Enfant je ne pleurais pas ; je n'ai pas le souvenir de mes larmes. C'est beaucoup plus tard que les émotions trouvèrent la voie des mots et la voie des yeux. Pour Massimo j'ai pleuré.

Nous fûmes jeunes ensemble. Je l'admirais, il était fort, taillé pour nager de longues courses, et il était l'un des rares qui ces années-là faisaient moins d'une minute au cent mètres nage libre.

Grand, les cheveux clairs, il avançait sans une ombre d'ostentation. Il avait un large sourire ingénu qui de temps en temps passait très vite au rire. J'éprouvais de l'admiration pour son corps, mais plus encore pour la modestie de son maintien. Il était l'exception, car à cet âge un garçon est à l'affût du moindre avantage pour se faire remarquer.

Âge impitoyable, où se fixent les affections qui ne se dénouent plus, qui ne finissent jamais.

Oui, je l'admirais. C'était un sentiment profond, sans équivoque, je l'ai éprouvé alors et plus jamais.

Crois-moi, ce ne fut pas de l'envie, je n'ai jamais envié personne, fût-ce pour la petite habileté de pouvoir parler à voix basse à une fille sans bégayer. Si je m'abusais sur ce point, je ne serais pas ton fils.

Je ne lui ressemblais pas, aucun entraînement aquatique n'aurait pu corriger ma maigreur rigide, burinée. Mon corps était mince et sombre, le sien fort et lumineux.

L'été, nous allions nager ensemble dans la baie du château des Aragon, à Ischia. Nous nagions un crawl cadencé, infatigable. Moi dans son sillage je voyais ses pieds exécuter des battements forts et réguliers, comme les battements du cœur. Nous rentrions dans l'ultime lumière, le bout des doigts ridé, les lèvres décolorées, pas même fatigués, pas même heureux. C'était l'entraînement, un travail à faire après notre journée passée à bavarder et à jouer sur la plage.

L'après-midi, une fois le vent tombé, la baie était une lagune où nous creusions notre sillon en silence d'un bout à l'autre.

Quelquefois, la faim nous tenaillant à l'arrivée, nous ne faisions qu'une bouchée de notre sandwich.

À cette époque, entre jeunes gens, il fallait modérer son admiration, la dissimuler, la tourner en dérision, car un manque de mesure pouvait compromettre une réputation virile. Il fallait peu de chose pour se voir affublé à vie d'un adjectif, d'une expression sans appel, pire qu'une sentence.

Une circonstance particulière me força à rompre la consigne, mais je n'eus pas à rougir de moi.

À Ischia, sa mère avait invité à déjeuner quelques jeunes garçons et j'en faisais partie. Elle avait une maison au bord de la mer dans le village des pêcheurs et nous déjeunions en plein air. Ils parlaient tous en même temps, joyeux. Moi j'écoutais, ils étaient trop rapides pour que je tente de glisser quelque chose dans leurs cascades de mots d'esprit et d'éclats de rire.

On se mit à parler de sport et de celui qui avait le physique le plus approprié. On faisait des comparaisons, on s'excita, on finit par procéder à une sorte de sélection réduite à seulement deux champions, Massimo et un autre. Sa mère intervint dans la conversation pour donner la palme à l'autre, peut-être par politesse ou pour réprimer sa fierté.

Alors, avec une fougue incompréhensible, j'intervins à voix haute, presque sans trébucher sur les syllabes. Je dis qu'aucune comparaison ne tenait, Massimo était la perfection, son corps était un modèle de la nature. Je me tus aussi brusquement que j'avais commencé. Les autres se regardaient sans un mot. J'eus le temps de mesurer ce silence et il fut aussi long que ma brutale intervention. Je sentis toutes les voix en suspens, sur le point de rompre l'intermède. Je ne les redoutais pas, mais je craignais d'avoir transgressé une clause de l'amitié. J'étais pétrifié, incapable même de refermer la bouche. Alors le bruit arriva. Massimo rit, il couvrit la table de son rire ; c'était un rire de surprise, un rire d'insouciance. Je tombai dans l'oubli de son rire, ils parlèrent d'autre chose. Je ne doutais pas de moi. J'excluais alors, comme je l'ai fait depuis, toute possibilité d'attirance envers une personne de mon sexe. J'avais agi par souci d'équité, très impulsivement, sans le vouloir, comme dans un accès d'énervement. J'ai encore son rire dans la gorge. Ce fut l'aide qu'il me donna, comme l'était le battement de pieds par lequel en mer il forçait l'allure, me laissant à la traîne. C'était le secours et la distance, c'était sa gaieté et son sillage.

Je l'entends encore du bout de la table, moi les yeux fixés sur mon assiette. Il fait encore monter mes larmes du profond de moi.

Je pleurai jusqu'au vomissement, à la toux, au fiel. On me dit qu'il avait plongé et qu'il n'était pas remonté.

Nous avons grandi partageant les mêmes goûts et quelques phrases. Nous n'aimions pas les bouteilles à oxygène ni les plongeurs armés d'un fusil dans les basses eaux. Nous n'aimions pas les garçons de notre âge qui attendaient le soir, sur les murets, et prenaient de grands airs en manipulant l'argent qu'ils avaient reçu pour la première fois. Nous n'aimions pas le voyou ni la fille arrogante. Nous réservions notre souffle pour l'apnée et descendions vers le fond qui devenait sombre comme le ciel, muet.

Mais le jour où il remplit ses poumons d'ultimes inspirations, ce jour-là je n'y étais pas.

Chaque plongeon éloigne de la respiration, de la chaleur, du sec. Chaque plongeon renferme la soixantième partie d'un adieu. Il descendit pour descendre, comme une ancre sans chaînes, les oreilles bouchées, les yeux fixés vers le fond. Il fendait de ses bras le noir de l'eau, la mer s'accumulait au-dessus. Nous sommes descendus bien des fois. Là-dessous on perd son ombre, j'essayais d'être la sienne : dans la mer, on peut.

Il resta le nombre de secondes voulu dans la pénombre de son but, à mi-chemin, puis se mit à remonter. Une échelle vers la lumière totale, tant de fois gravie, un passage sûr, le poids de la mer se faisait plus léger sur ses épaules, à chaque brassée. L'air s'échappait régulièrement de ses poumons.

Il monta en même temps que l'embole. Trop de lumière dans ses yeux, trop de vie dans ses mains qui escaladaient les mètres. À la surface de l'eau, elle explosa, la bombe, dans toutes ses veines.

Frappé par le sommeil brutal, les poumons encore gonflés de leur réserve d'air, il oublia en un instant la respiration, la chaleur, le sec.

Il repartit dans cette obscurité, planant les bras ouverts, les yeux fermés.

Ils sont maladroits les mots de l'absence.

Nous connaissions la mer par cœur. Notre Tyrrhénienne nous dressait depuis notre plus tendre enfance et nous rendait graves. Notre Tyrrhénienne, notre âge unique, la peau offerte au soleil et au sol, duvets clairs et noirs, épines d'oursins, sandales, pizza, sommeil. Là, nous aurions confié notre cœur à un rocher, tant nous étions sûrs ; personne n'aurait pu voler notre goûter alors que nous étions en mer. La Tyrrhénienne nous immunisait, nous les enfants sacrés de son eau, nous peignant de sa langue telle une mère louve.

Nous connaissions le soleil couchant sur les muscles fatigués ; il était notre limite, adoucissait pour nous l'obscurité. Il tombait sur la mer, nous le voyions s'éteindre en flammes violettes sur l'horizon incertain. Ainsi fûmes-nous Tyrrhéniens, le jour finissant devant nous, face à la mer immense et familière.

Nous connaissions chaque rocher, chaque poisson.

En septembre le vent de sud-ouest levait des vagues hautes et longues. Nous choisissions la plage de San Francesco pour recevoir toute la puissance des lames au point d'être retournés en l'air. Au large, loin du bord, elles brisaient encore sur notre dos toute leur écume. Massimo, à force de bonds furieux, parvenait à monter sur la crête de la plus haute vague pour saisir sa crinière, sa vélocité et se laisser entraîner dans son écroulement sur cent mètres ou jusqu'au rivage.

Il riait, reparaissant plus loin sali par les algues que brassait le ressac. Il remontait le courant, recommençait.

Moi aussi de temps en temps je parvenais à enfourcher une crête et à me laisser ballotter comme une toupie cassée.

Le ciel s'assombrissait, tout à coup il pleuvait à verse, nous restions au point d'avoir le bout des doigts bleui et la chair de poule.

Le soleil s'éteignait dans la mer. Par moments le violet des nuages le fendait et le décomposait avant qu'il ne touche l'horizon. Nous le regardions du rivage en nous essuyant après le bain et il nous appartenait, comme le sable collé à nos pieds, comme notre respiration.

Il descendit dans la mer au cours d'une des rares minutes de mon absence. Je ne peux m'en souvenir, la connaître, et pourtant je la connais et m'en souviens mieux que de toutes nos minutes ensemble.

Le monde était là, prêt à nous trahir. Notre Tyrrhénienne était pleine de pièges, notre âge était condamné et nous l'ignorions. Quel dégoût, maman, quel dégoût j'ai eu de la nature beaucoup plus que des méfaits des hommes, dégoût de l'azote, de la pleine lune apparue en mer, dégoût d'avoir perdu le sillage de ses pieds, derrière lesquels je ne pourrais plus tendre mes bras maigres. J'eus le dégoût d'avoir une ombre et d'aspirer l'air par le nez.

Je descends toujours me baigner dans la Tyrrhénienne. Je nage le long de la côte, je règle mon souffle, je surveille mon style pour éviter qu'il ne se gâte. J'essaie d'être encore dans un sillage, de ne pas me laisser aller. La mer ne peut rien m'enlever, ne peut plus me laver. Nous sommes sales tous les deux, vieillis, blessés. Nous échangeons en silence les mêmes fatigues. Que de cendres furent répandues sur cette mer, que de sueurs : si elle était la terre elle en fleurirait, mais la mer se rend malade des restes de l'homme. Il y a aussi mes pleurs pour Massimo, mon ami.

À la maison tu me reprochais de faire du bruit. Dehors, dans la ruelle, le vacarme enveloppait les gens ; la vie, à l'extérieur, c'était se faire entendre, donner un coup plus fort, lancer un appel plus haut. Les enfants pleuraient à pleine gorge. Leurs cris n'étaient chargés ni de colères, ni de caprices, ni de reproches, mais seulement du mal qu'ils éprouvaient. Les enfants que j'ai entendus pleurer quand j'étais petit, de l'autre côté du mur, dans la rue, avaient des pleurs de blessures, de coups reçus à la volée, dès qu'on passait près d'eux.

Adulte, j'ai entendu pleurer les enfants de façon bien différente, une protestation aux accents accusateurs plus que douloureux. Je n'arrive pas à compatir à leurs cris.

Quand j'étais petit, les enfants pleuraient de souffrance. Ils encaissaient des coups qu'un adulte ne supporterait pas physiquement, autant par la démesure de la force employée que par leur fréquence. Ils pleuraient et parfois ce cri ne leur valait aucune trêve et les coups pleuvaient encore sous leurs sanglots désarmés. Je ne bougeais plus, les yeux écarquillés, de l'autre côté du mur, attendant que cela finisse, que par pitié cela cesse, alors que montait dans ma gorge l'envie de crier moi aussi, de hurler à l'unisson, comme le font les ânes, les chiens. Je serrais les dents derrière le mur.

Toi, tu opposais au grand vacarme de la ruelle le silence pénible de notre maison. De temps en temps, couvert par la rumeur du dehors, je faisais moi aussi un peu de bruit en jouant au football avec des équipes de boutons, ou avec une balle en caoutchouc qui rebondissait sur la cloison, ou bien en me disputant avec ma petite sœur. Alors tu intervenais d'une voix sèche et basse pour me faire cesser. Je cessais, mais par moments j'étais vexé et j'allais me mettre contre la vitre de la fenêtre à la cuisine. Je ne voyais pas la ruelle, mais je restais à l'écouter. Je distinguais les voix, leurs provenances. Tous y déversaient leurs cris, appels, lamentations, bruits de métiers : ils formaient un chœur que même le vent ne parvenait pas à chasser.

Quand tes reproches m'humiliaient, je tournais le dos à la maison et à la sombre cuisine. Une fois tu voulus me faire quitter mon coin. Tu étais venue me consoler, ta réprimande m'avait peut-être contrarié plus qu'à l'ordinaire. J'arrêtai ton geste d'une phrase drôle qui te surprit par son ridicule et sa révolte. Trébuchant sur la première consonne je réussis enfin à dire sans me tourner vers toi : « Jevveux pas des mots. » Tu pensas que par fierté je refusais d'être consolé. Ce n'était pas ça.

J'avais beau être petit, je comprenais à coup sûr que mon sort d'enfant était différent de celui des autres dans la ruelle. Je ne recevais pas de corrections de mes parents, c'était sur d'autres têtes et d'autres échines que pleuvaient les coups des grandes personnes.

Mieux valaient les coups, mieux valait courir le risque de faire un peu de bruit quand un jeu me tentait. Pas les mots : contre eux on ne pouvait pleurer, on ne pouvait répondre et moi, quand tu intervenais, je ne parvenais pas à en prononcer un seul, entre l'apnée et le bégaiement. On apprend bien tard à se défendre des mots.

Mieux valaient les coups sur le corps, mieux valaient le bruit des mains et le cri de la gorge, puisqu'il en était ainsi pour tous les enfants, j'aurais eu moi aussi des bleus, le sang à la bouche.

Je m'obstinais à garder le front contre la vitre de la cuisine et j'écoutais la grande rumeur du monde extérieur. « Jevveux pas des mots. »

Ce n'étaient pas tes mots de réconfort que je repoussais, mais ceux du reproche, donnés à la place des coups et qui permettaient de marquer, par ce changement de ton, toute la différence.

Entre mère et fils le progrès n'existe pas, la civilisation n'évolue pas : les mots seront toujours réduits et ne seront que des mots, rares, préservés. Ils ne remplacent rien, ni les coups, ni les caresses.

Je cassais mes jouets. À l'instant où je les recevais, je regardais avec suspicion ces objets qui allaient m'appartenir.

Vous n'éprouviez sûrement aucun plaisir à être ainsi récompensés par ma réaction de méfiance et non de joie. L'émotion de les avoir me préoccupait plus qu'elle ne m'excitait. Je m'assurais de mes droits en demandant : c'est bien à moi ? Oui, ça l'était mais pas au sens où je l'entendais moi, car c'était assorti des obligations habituelles, soumis au « ne pas faire de bruit », « ne pas se salir » et « respecter les horaires convenus ». C'était mon bien à petites doses, mon bien d'enfant, alors qu'au contraire le jouet me faisait espérer une immense liberté où l'espace pour s'amuser et le temps que j'aurais passé ainsi étaient vraiment miens, sans restriction. C'est à moi ? demandais-je. « Oui, mais ne le casse pas. »

Une fois, pour Noël, on ne m'en acheta aucun, parce que j'avais continué à casser tous ceux de l'année précédente. Vous étiez mécontents et vous m'aviez dit que cette année-là vous ne m'en achèteriez pas. Toi, tu me reprochais mon gaspillage alors que tant d'enfants n'avaient pas de jouets.

Aujourd'hui, je repense aussi aux sacrifices que vous faisiez pour vous permettre ces dépenses, même si vous ne parliez pas de problèmes d'argent. Plus tard, bien plus tard, je compris ces pauvres comptes faits à grand-peine pour épargner de quoi bâtir un Noël.

Mais, enfant, je ne comprenais pas ce que vous disiez. Le jouet m'appartenait d'une façon que je ne savais expliquer. Il avait une durée à lui pendant laquelle j'étais censé en prendre connaissance, le manipuler, l'abandonner. Et puis c'était tout. Il faudrait le ranger quelque part, ensuite tu l'offrirais peut-être à un autre enfant comme tu le faisais avec ceux de ma petite sœur.

C'est ainsi que j'aurais dû procéder, mais il me restait pourtant une part énorme de sa durée qui tenait à l'instant même de sa fin. Pendant un moment les choses paraissent tout à coup différentes. Un morceau de bois tout juste fendu, une pierre détachée de son emplacement peut-être millénaire, l'espace d'un moment prennent un aspect connu du seul témoin de leur brusque changement. Ils restent ainsi un instant à peine, car une seconde après ils ont vieilli de cent ans. Ainsi en fut-il de l'univers lui-même qui, dit-on, a vieilli dans les premières secondes de sa formation plus que pendant les milliards d'années qui suivirent.

La mort n'est pas identique pour toutes les choses : ce n'est qu'après avoir traversé la mort que certains objets commencent à vieillir. Un jouet vieillit après s'être cassé, après être mort.

Les choses ont une face cachée qu'un enfant peut observer. Je cassais le jouet : non pour l'insignifiante curiosité de voir ce qu'il y avait dedans, comment il était fait, mais pour voir l'instant où il était démoli d'un coup, avant de se perdre dans la confusion de ses morceaux.

Le jeu a la vie brève. Brève, je le savais, comme l'instant où allait se casser le jouet, ou bien cet instant équivalait à toute sa durée antérieure. Alors seulement le jouet était à celui qui l'avait eu en main, alors seulement il était totalement mien. C'est dans la mort seule que la vie est tout entière à qui l'a vécue, et sa possession est sans donateurs, sans reproches.

Je te parle, maman, à toi qui, pour un soir, es si jeune par rapport à moi, de cet ancien cadeau dont je crois pouvoir à cette heure prendre pleine possession. Est-elle bien à moi la vie que tu m'as donnée ? Ce soir oui, elle est tout à fait mienne.

Tout cela venait-il vraiment à l'esprit de l'enfant qui cassait ses jouets ? Tout cela et bien plus, mais pas les mots qui le diraient. Plus tard seulement, du jeu silencieux, du souvenir qu'il m'a laissé, je fais la réduction pour le décrire. Même si les mots, de par leur nature secourable, donnent de la lumière, ils font en réalité de l'ombre, ils sont les signes obscurs tracés contre l'immensité d'une enfance quelle qu'elle soit.

Je m'approche d'elle avec la cécité progressive des années et seul l'amour envers ce monde clos permet de lui donner les mots qu'il n'eut pas. Seul l'amour permet le retour, mais il ne suffit pas pour autant à le justifier et je suis conscient de violer en étranger son incompréhensible étendue. Et si l'on cherche à expliquer le silence, même celui d'un enfant, c'est comme si l'on mettait en bouteille l'air des villes étrangères qu'on a visitées, n'emprisonnant que du vide.

Quand arriva un autre Noël de cadeaux, on était déjà dans la nouvelle maison. Je ne les cassais pas, j'avais cessé de jouer avec. J'étais passé, avec le journal de mots croisés et les livres, au maniement de l'alphabet.

C'est beau de descendre dans une photographie, d'y rester sans bouger. Tu ne me reconnais pas, pourtant tu poses les yeux sur mon visage, moi qui ai les tiens, unique signe sûr, parmi les rares, d'une appartenance. Aujourd'hui mon visage fait penser à celui de mon grand-père. Avec le temps je me suis mis à ressembler à sa photo qui était sur la table de chevet de papa. Un visage sérieux, un rien pensif, une bouderie des lèvres habituées à rester closes, tel était le portrait. J'ai commencé à me rapprocher de la forme de son crâne par le front, puis mes pommettes ont fait saillie et mes joues ont suivi la même chute de tension et d'attention. Ce ne sont que conjectures et je les aime car, sachant ne tenir ni de toi, ni de papa, je cherchai dans de vieilles photos des traits qui me légitiment.

Quand j'étais petit, on ne disait pas de moi : c'est tout le portrait de son père ou de sa mère, phrase irritante mais aussi réconfortante. Je ressemblais à mon grand-père paternel, mort alors que son fils n'était encore qu'un enfant. Dans un album il portait l'uniforme de soldat de la première guerre.

Pour un carnaval tu me demandas comment je voulais m'habiller. Je voulais cet uniforme, pour lui ressembler encore plus, aussi répondis-je : « En guerre », pour ne pas dire en grand-père. Tu n'avais qu'une énorme casaque de Pierrot et, à part toi, personne ne savait qui était ce Français dont je pris à contrecœur l'habit. Je n'avais rien du grand-père, attifé de la sorte je ressemblais à une chandelle.

Je n'ai jamais cru qu'il était mort. Quand j'étais enfant, « mort » signifiait se tenir à l'écart, ne pas se montrer, une absence volontaire et persistante. C'était comme si on avait dit : grand-père s'est vexé et ne veut plus venir nous voir, ou bien grand-père a été muté.

Pour moi le monde avait la taille de ma maison et de mon quartier et la vie était proportionnée à cet ordre de grandeur : y habiter ou non ne constituait pas une différence importante. L'enfant que je fus dans la chambre d'une ruelle pensait que son grand-père s'était établi au-delà d'une vallée de pigeons et de rats, ma frontière d'alors, c'est-à-dire piazza Plebiscito.

Un jour papa tomba malade, devint tout jaune et resta enfermé dans une chambre. Nous, nous devions être encore plus silencieux, pour le faire guérir. Peu importait qu'au-dehors la ruelle résonnât de l'habituel vacarme, notre silence filial le soignait. Se taire, faire doucement était une consigne difficile à garder à l'esprit, mais s'y appliquer était un effort riche d'enseignements. Je pensais : maintenant je suis un moineau sur une branche et la pluie va tomber ; puis j'étais une barque tirée au sec le soir ; puis nous parlions entre nous, les enfants, imitant la voix du vent dans les ruelles.

Papa resta longtemps à la maison. Pendant sa convalescence j'ouvris un jour la porte à un monsieur. Je reconnus tout de suite mon grand-père. Il était comme sur la photographie de la table de nuit. J'étais sur le point d'annoncer la nouvelle, mais il troubla mon émotion en me déclarant qu'il était le coiffeur appelé pour faire un brin de toilette au malade. J'appris que depuis des années il était au service de papa et se rendait à son bureau une fois par mois. Peu de coiffeurs avaient leur propre salon, le plus souvent ils étaient ambulants et se rendaient à domicile.

J'avais raison, il n'était pas mort comme vous l'entendiez vous autres, il était mort comme je le croyais moi. Il était parti habiter loin et il était devenu un coiffeur que personne ne reconnaissait. Moi seul l'avais découvert parce que je connaissais par cœur toutes ses photographies, mais je ne le démasquerais pas, ne le trahirais pas.

J'aimai ce grand-père qui ne pouvait embrasser son fils et se contentait une fois par mois de caresser sa nuque sous le prétexte de sa tâche.

Je continuai à demander à papa, quand il rentrait coiffé de frais, si c'était toujours le même coiffeur à domicile qui s'occupait de lui.

Aujourd'hui j'ai sa tête, mais mes yeux ce sont les tiens.

Qui te retient, qui t'empêche de reconnaître ton enfant muet dans le vieux monsieur que tu regardes emprisonné dans une vitre d'autobus ? Quelle force t'interdit de reconnaître ce que tu es en train de voir ? C'est donc une force bien puissante qui te permet de brouiller des sens pour le moins précis, des signes pour le moins évidents. Une grande force nous procure au bon moment la myopie nécessaire pour vivre.

Tu me regardes avec cette irritation sévère où demeure ton éternel reproche envers nous autres enfants : pas maintenant, pas ici.

Je ne peux t'obéir, je n'ai plus le temps. Le moment se présente en cet instant précis et dans cet étrange endroit. « Pas maintenant, pas ici. » Tu avais raison, la plupart des choses qui me sont arrivées n'étaient que des erreurs de temps et de lieu et l'on pouvait bien dire : pas maintenant, pas ici. Mais derrière cette vitre d'autobus je constate que je suis à une heure et une place qui me sont réservées depuis longtemps.

Autour de moi l'agitation bat son plein. Les portes se sont ouvertes, les gens montent et descendent de tous côtés en se bousculant. Je reste près de la fenêtre, au milieu de ce remue-ménage nous sommes immobiles toi et moi. C'est alors qu'arrivent le moment et l'occasion, ils arrivent quand deux personnes s'arrêtent : alors la rencontre a lieu.

Si on bouge sans cesse, on impose un sens, une direction au temps. Mais si on s'arrête, en se butant comme un âne au milieu du sentier, si on se laisse emporter par la rêverie, alors même le temps s'arrête et n'est plus ce fardeau qui pèse sur nos épaules. Si on ne le porte pas il verse, il se répand tout autour comme la tache d'encre que ma plume faisait toute seule, droite en équilibre sur le buvard, pour retomber ensuite, vide.

Ceux qui s'arrêtent se rencontrent, même une maman jeune et un fils vieux. Le temps est semblable aux nuages et au marc de café : il change les poses, mélange les formes.

Nous sommes immobiles sur la photographie, mais toi tu sais ce qui va arriver parce que tu es allée plus loin. En revanche, moi je sais qui tu es, mais j'ignore la suite que toi tu connais. Moi je connais ton nom, toi tu connais mon destin. C'est là une bien étrange situation. À l'opposé, il y eut un temps où tu mettais au monde un petit être, lui donnant un nom, mais ignorant ce qui allait lui arriver. Maintenant tu es devant la vitre à travers laquelle tu vois la suite, mais tu ne sais plus à qui elle appartient.

Le moment arrive où une mère va vers le fil de son fils, l'air préoccupé, et ne le reconnaît pas. Elle va comme à travers champs, effleurant de ses doigts l'herbe haute. Moi je suis le fil et le fils que tu regardes.

Je sais que je suis en train de mourir. D'autres avant moi virent leur mère s'approcher sans les reconnaître ; ils l'appelèrent par son nom, mais peut-être y avait-il une vitre. Une mère va dans un champ, le regard fixe dans le vent qui fait ployer la pointe de l'herbe, arrive au fil, au fils et le recueille. C'est ainsi que tu me préviens : tu viendras vers moi, comme tu venais vers mon petit lit éteindre la lumière.

Vous me taquiniez : vous vous moquiez de moi parce que je ne vous ressemblais pas et vous me disiez que j'étais un enfant adopté. Il est vrai que j'étais menu, avec des cheveux noirs, une mine de ramoneur et un sourire forcé. Votre jeu me plaisait. C'était une des rares occasions de familiarité, une attention qui m'était accordée en tant que personne dont on parlait pour ce qu'elle était et pas seulement pour ce qu'elle avait fait de bien ou de mal. Quand le jeu commençait je souriais bêtement mi-figue, mi-raisin ; je me surprends aujourd'hui encore à sourire de la sorte distraitement. Je devais feindre la tristesse en apprenant que j'étais un enfant trouvé et me mettais donc à faire la tête. C'était la preuve que j'y croyais et le jeu alors se prolongeait jusqu'à ce que tu décides de me prendre au sérieux, comme si je souffrais réellement de cette nouvelle, et que tu mettes un terme à la plaisanterie. Ou bien je n'arrivais même pas à faire semblant de bouder et restais là à écouter le jeu auquel vous mettiez fin assez vite, lassés de voir que, cette fois-ci, je ne marchais pas.

Nous nous sommes mal compris avec obstination, comme pour nous protéger de quelque chose. Nous avons préservé cette incompréhension par une sorte de discrétion et de pudeur : maintenant je sais qu'ainsi perdurent les affections. Ce fut un renoncement et une réserve respectée comme une norme, inconnue de la volonté comme un instinct. Ne pas se comprendre fut une condition juste, se comprendre ne pouvait nous servir de rien. L'enfance aurait bien pu durer éternellement, je ne m'en serais jamais lassé.

Il est curieux de constater que les choses importantes ne me sont arrivées qu'une fois. Je sais que beaucoup de gens voient les mêmes événements se reproduire, je sais qu'on en surestime la valeur en les nommant occasions. Une fois, un jour : les événements qui ont su tenir dans cet espace sont les seuls dont j'ai tiré quelque expérience.

Une fois papa m'emmena au stade. Je l'avais déjà vu du dehors, une immense tasse privée d'anse. Papa me donnait des conseils, je ne m'en souviens pas mais je sais que je m'agrippais à la ceinture de son manteau. Il n'aimait pas tenir quelqu'un par la main, je n'ai même jamais vu ta main dans la sienne.

La foule était dense, mais tant qu'elle se déplaçait elle paraissait légère, fluide, comme l'eau qui coule dans les canaux, dans les écluses aux débouchés. Lorsqu'elle fut complètement immobile, assise dans le cercle, je vis qu'elle n'était plus liquide, mais qu'elle s'était changée en pierre. Rien ne pouvait la fendre, même un confetti venu du ciel n'aurait pu tomber par terre : c'était un anneau de pierre encerclant le vide, un anneau qui aurait pu aller à un doigt assez gros pour l'enfiler.

Ni les couleurs, ni les maillots, ni la pelouse, ni le terrain, ni même la course des footballeurs ou le parcours fragmenté du ballon : c'était la foule que je regardais. Je l'entendis hurler, ce qui me sembla normal, un éternuement. Une foule hurle, ou elle se décompose. Mais il lui arrivait de retenir son souffle. Cette apnée était effrayante, toute pleine d'attente. L'eau était devenue pierre, les hommes foule, leur silence me donnait le vertige d'un précipice. À ces moments-là, je me tenais à la ceinture de papa.

Au cours de nos promenades au bord de la mer j'avais assisté bien des fois aux arrivées et aux départs des navires. Toi, tu connaissais leurs noms et tu nous les apprenais, c'est ainsi que nous savions reconnaître le *France*, le *Costitution*, l'*Indipendence* et, le plus beau de tous, l'*Andrea Doria*.

C'étaient des villes scintillantes, de la terre ferme nous les regardions glisser dans le golfe comme des reines dans leurs appartements. Pour moi le nom d'Italie évoquait ce bâtiment bleu aux cheminées blanches. L'Italie c'était l'*Andrea Doria*, le monde mobile qui se reposait de temps en temps près de notre monde immobile.

Nous, nous étions Naples, tête de ligne pour l'Amérique. Le bateau allait à New York et les Américains habitaient chez nous. Des hommes vêtus de blanc se répandaient dans nos rues sous leurs bérets ronds comme des boules de pain. Ils avaient l'air bien plus propres que nous, vous les appeliez des alliés. Pour moi enfant ce mot n'expliquait rien, par contre je pensais qu'on aurait dû les appeler des « haleinés », tant ils paraissaient sportifs.

Quand je laissai échapper cette correction, elle vous amusa au point de vous l'approprier et de l'employer régulièrement au lieu du mot exact.

Je rassemble toutes ces choses afin d'arriver à un point fort de mes émotions, lorsqu'un jour de Pâques nous prîmes le petit bateau pour faire une excursion à Ischia, la première. Durant le voyage de retour, à l'heure du coucher du soleil, lui, le plus beau navire du monde, entrait en même temps que nous dans le golfe. Il passa près de nous, je crois me souvenir qu'il dut nous frôler, fit hurler sa sirène si fort que je n'ai jamais rien entendu d'aussi terrible depuis. C'était une muraille qui se dressait en surplomb au-dessus de nous, avec ses fenêtres petites comme des pommes et ses ancres grandes comme des arbres.

Aussitôt après on ne vit plus rien car les vagues se mirent à danser autour du bateau et, le premier étonnement passé, nous fûmes tous assourdis par le son de la sirène puis effrayés par le fort roulis qui nous ballottait de droite et de gauche. Enfin nous vîmes sa poupe, vaste comme une place, tracer une voie blanche sans vagues sur laquelle vinrent se briser les remous. Il déchaînait la mer sur ses flancs, la calmait derrière lui, faisant d'elle un tapis. Au milieu de ce branle-bas d'émotions me vinrent enfin une fierté et quelques larmes pour cette merveille. Ma petite sœur ne fut nullement troublée et tu me citais son courage en exemple devant ma réaction que tu attribuais à la peur. C'était de l'enthousiasme au contraire, l'envie de répondre par un cri à son salut alors que dans ma gorge ne passait plus le moindre souffle et que ma bouche faisait le plus sévère barrage.

Le coucher du soleil prit fin avec les paroles de papa me disant qu'un jour nous aussi nous irions en Amérique sur l'*Andrea Doria.* Dans le port de New York les sirènes siffleraient, sur l'océan nous verrions des vagues immenses, et à bord nous irions au cinéma. Il nous inoculait sa confiance en l'avenir, notre droit de gravir les escaliers de maisons plus belles, et même de navires. Les jours bénis furent pour moi ceux d'un impossible gardé tout au fond du cœur et non pas ceux qui le réalisèrent.

Je regardai longuement le navire tandis que notre bateau longeait ses remparts. Il attendait les remorqueurs à l'extérieur du port. Je ne devais plus le revoir, j'appris qu'il avait coulé. L'Italie avait fini au fond de la mer. Le hurlement de sirène lancé, dans un crépuscule de printemps, à l'entrée du golfe de Naples, à un petit bateau pour les îles, à un enfant, était un adieu. Les choses étaient porteuses d'adieux irréversibles que moi je ne comprenais pas sur-le-champ, mais après, longtemps après.

J'allais à l'école et j'apprenais que l'Italie était une péninsule, une terre ferme, et pas un navire. J'avais six ans et me résignais à tous les démentis que cet âge implique : je corrigeais le profil du monde, bon, ce n'était pas un navire, c'était une botte, mais cela n'avait plus d'importance.

Dans vos conversations, de temps en temps, revenait le souvenir du navire et tu racontais que son capitaine s'était laissé mourir de douleur en mer en provoquant le naufrage de sa barque. Lui aussi au fond de la mer ? Oui, lui aussi.

Une fois tu m'accusas à tort et moi je ne parvins pas à répliquer. Ce ne fut pas seulement l'effet de la surprise, ni l'entrave de mon bégaiement qui redoublait les consonnes sous mon palais.

L'instant d'étonnement passé je continuai à me taire, à ne pas me disculper. Je fis un écran de mon défaut physique pour prolonger cette étrange émotion d'amour-propre qui tenait à ma secrète innocence.

Ce n'est pas ton erreur qui m'y incita, mais la situation inconnue d'être injustement grondé. Je ne souhaitais pas que la vérité fût découverte, comme cela se produisit ensuite, mais que durât le sentiment, renforcé par mon silence, d'être étranger à moi-même.

On grandit en se taisant, en fermant les yeux de temps en temps, on grandit en se sentant tout à coup très loin de tous les autres.

Cette fois-là, j'allai me mettre devant la vitre de la cuisine. Je devais avoir un âge qui me permettait de voir le mur d'en face. C'était ma petite sœur qui avait cassé la bouteille de vin en tirant sur la nappe, et non pas moi avec ma balle. Peu après, candide et franche, elle avoua que c'était elle. Alors tu vins à la fenêtre et tu posas la main sur ma tête, restant immobile un instant, toi aussi, à regarder au-dehors l'obscurité de la ruelle dont le bruit ne cessait jamais. Tu avais balayé les débris, lavé par terre. Il restait dans l'air une odeur de cave à vins et sur ta main celle de la serpillière. Ton odeur était plus forte, et plus rouges tes mains, irritées par l'eau froide. Tu étais contrariée de m'avoir grondé, mais tu souffrais encore plus de mon silence que tu attribuais au défaut qui m'empêchait de me défendre. Ton regret me comprenait mal. Je me mis à pleurer sous ton bras de t'avoir rendue coupable et à cause du bien que tu pensais de moi, parce que tu étais juste et que moi j'avais accentué le poids de ton erreur pour m'être senti étranger à moi-même. L'innocence pouvait être une sorte d'insolence.

Maintenant, sur la photographie qui nous arrête, moi je pourrais descendre à cet arrêt. Je viendrais à ta rencontre en traversant la rue. Pour nous, il pourrait y avoir encore une suite.

Je viendrais te donner le bras. Que ferions-nous ? Nous comprendrions. Bras dessus, bras dessous nous comprendrions toute notre vie. Nous la verrions dans les séparations qui n'ont pas affaibli notre affection, dans les retrouvailles qui ne l'ont pas renforcée. Nous traverserions à pied la Villa Comunale jusqu'à piazza Vittoria. Nous nous trouverions sous les mêmes chênes verts de nos promenades enfantines. Une chèvre tirait une minuscule voiture à quatre places ; on louait de petites automobiles à pédales. Nous n'y montâmes jamais, parce qu'elles étaient sales, nous disais-tu.

Tu verras le banc au soleil du bord de mer où tu t'asseyais et tu protégeras tes yeux du vent. Nous comprendrons les vies, les enfants qui jouent à grandir trop vite, les mamans qui rallongent les vêtements, achètent des chaussures et regardent fixement le temps qui harcèle leurs enfants. Puis les enfants s'arrêtent et ce sont les mamans qui courent vers la soudaine vieillesse, elles qui ont les cheveux en bataille tant elles s'affairent en tous sens à la maison. Puis elles parlent peu et mangent lentement à Noël. Du moins étaient-elles ainsi les mamans.

Nous sourirons de nos défauts. Lesquels ? Ceux d'être sûrs de nous, comme si nous devions exister toujours tel le son des cloches, comme si nous devions mourir ensemble et être nés ensemble, toujours : défaut apparu parce qu'une petite pelote de jours se dévidait et nous faisait nous retrouver.

Pauvre habitude : il était bien rare de s'apercevoir que l'autre avait changé depuis la veille. Bien rare de s'apercevoir que son humeur marquait alors une pause différente entre le jour déjà prêt et le salut échangé, qu'un rêve avait tiré ses pommettes, qu'une ombre nouvelle tombait de la lampe sur sa joue. Nous sourirons du défaut qui nous fait voir égaux, nous comprendrons nos profonds changements et nous serons étonnés de leur si grand nombre. Nous comprendrons, cela nous arrivera une fois.

Je pourrais descendre à cet arrêt, aller à ta rencontre.

Des premières choses que j'appris seul, je me rappelle celle-ci : j'appris à ne pas attendre.

Je voyais que tu t'impatientais quand l'autobus était en retard, si papa le soir ne rentrait pas à l'heure, ou bien si le printemps tardait à faire son apparition. Pour toi, la vie était assez difficile comme ça, sans que surviennent des contretemps, sans que ce petit nombre d'événements simples sur lesquels on comptait rajoutent eux aussi une dose supplémentaire de désagrément. Pour toi, c'était mauvais signe s'il pleuvait le quatre avril car le proverbe annonçait : « Quatre avrillant, quarante jours autant », prévoyant que s'il pleuvait ce jour-là la pluie durerait jusqu'à la mi-mai. Quelquefois il pleuvait longtemps sur notre printemps.

Tu perdais patience, tu avais des mouvements de découragement et de dépit, de petits gestes brusques ou un ton de voix éraillé, proche de la toux. Moi je m'étonnais, j'étais troublé de voir que d'infimes variations avaient le pouvoir d'ébranler ton comportement, ta résistance.

Je réfléchis au moyen de me renseigner. Comment pouvait-on rester en paix dans l'attente de quelque chose, même si cette chose n'arrivait pas ?

Très préoccupé, je décidai de m'adresser à papa. Il disait que j'étais un enfant qui ne savait pas poser de questions. Je ne voulais pas lui faire mauvaise impression. Je garde en mémoire les bribes d'un court entretien. C'était un dimanche matin et tu étais sortie acheter le journal. Papa était en train de se raser dans la petite salle de bains dont la serrure était détraquée, laissant ainsi la porte entrouverte. Je m'approchai de l'entrebâillement et demandai la permission de poser une question. « Voyons », répondit-il en continuant à se raser devant le miroir.

Je pris au tragique une pensée ridicule qui me vint à l'esprit : au miroir ils étaient deux, c'est pourquoi il disait « voyons ». J'aurais voulu faire marche arrière car cette expression me plaçait devant un auditoire officiel. Cette question, dont j'avais pris l'initiative, devenait en moi interrogation de leur part. Aujourd'hui je sais que toute phrase prononcée renferme l'essence d'une question, mais alors je craignais que toute question ne contînt elle-même une réponse que je ne savais déceler.

Je me tenais là prenant la parole devant les hommes.

Je voulais savoir pourquoi, lorsque les événements tardent, on est en attente. Je pensais à ta réaction : un agacement, une tension qui transformait inopinément toute une fraction de temps en une fixité, en un durcissement des nerfs, en une attente.

Ainsi donc, je demandai à travers la porte entrebâillée de la salle de bains :

— Pourquoi l'attente existe-t-elle ?

— L'attente de quoi ?

Il fit une pause, reprit sur un ton plus doux :

— L'attente de quoi ?

— Si maman n'arrive pas, tu l'attends ?

— Bien sûr.

— Si la lumière s'éteint nous attendons qu'elle revienne ?

— Je ne réussis pas à te suivre, mais ça ne fait rien. Oui nous attendons qu'elle revienne.

— Face à ce qui tarde et que nous devons attendre, nous sommes toujours en attente ?

À ce moment ma diction se fit plus bafouillante.

— Papa, si moi je ne veux pas être en attente et si je veux être sans attente, est-ce que je peux ?

Alors il cessa de se raser, ouvrit la porte en grand et, comme s'il avait compris quelque chose, je ne sais quoi, dit ces quelques mots : « Si tu es capable de vivre sans attente, tu verras des choses que les autres ne voient pas. » Puis il ajouta encore : « Ce à quoi tu tiens, ce qui t'arrivera, ne viendra pas par une attente. » Il avait la moitié du visage rasée et l'autre encore pleine de savon, dans une main le rasoir et dans l'autre le blaireau. Il se pencha légèrement vers moi pour se faire comprendre.

Je le regardai de tous mes yeux. Ce n'était pas lui, même sa voix était différente. Quant à moi, je n'étais pas certain d'être celui qui avait posé la question.

Il crut que je n'avais pas compris, avec un léger sourire il se remit devant la glace et me dit de guetter ton retour.

Je ne sus pas poser la question, je ne compris pas la réponse, mais je n'ai pas oublié. De ce jour, je me délivrai des attentes, j'appris à ne pas attendre.

Quand tu t'impatientais, je me mettais à fixer quelque chose de petit, une goutte sur la vitre, une tache sur mon vêtement, ainsi ton exaspération ne m'effrayait pas. Ce refus de partager ton état d'âme te déplaisait. Tu pensais sûrement que je n'étais jamais de ton côté. Ce doit être vrai aussi, en ne partageant pas la tension de l'autre on l'abandonne à son sort. Pourtant je ne te quittais pas, j'étais à la même place qu'avant ; tout doucement ton esprit se libérait de l'attente.

Après la promenade à la Villa ton humeur s'assombrissait un peu en rentrant à la maison. Nous laissions derrière nous l'air du bord de mer qui soufflait en faisant le tour du golfe. Il nous saisissait par-derrière, nous donnait une poussée qui nous faisait courir, toi tu lui résistais en nous tenant par la main et c'était beau d'être ainsi au vent.

Quand nous retrouvions le dédale des ruelles l'air retrouvait sa prison. Le ciel s'élevait au-dessus des immeubles, lointain, alors qu'au bord de la mer il descendait jusqu'à toucher les vagues. À la maison il y avait l'air que nous avions laissé, un air déjà tout respiré, imprégné d'odeurs. Ton humeur s'assombrissait un peu en remontant.

Nous descendions par les ruelles, pavés disjoints que je parcourais toujours les yeux fixés à terre. La prudence commençait là où se posaient les pieds pour continuer là où se posaient les yeux. Il valait mieux ne pas voir toutes les choses de la rue. Nous descendions les marches de la ruelle en pente entre les maisons et un mur de tuf. Nous arrivions au bas de la ville étroite pour déboucher au large, là où la ville s'arrête brusquement devant la mer.

Nous respirions par les yeux, c'est avant tout par là que pénétrait l'air qui se frayait un passage dans notre gorge serrée, dans nos poumons affolés qui toussaient en se dilatant.

La mer, avec le ciel à fleur d'eau, lançait un vent tout aérien mais qui s'agitait comme les vagues, sautant sur les arbres de la Villa comme sur des rochers, les secouait, les polissait et nos visages frottés par son courant devenaient frais et rouges, nos yeux brillaient. C'est toi qui nous conduisais à cette fête.

Pour prendre l'air, disais-tu, et moi je transformais mentalement : pour être pris par l'air. L'hiver nos manteaux n'opposaient à ses courses qu'un bien léger lest. J'aurais voulu céder, larguer l'amarre de ta main, me laisser soulever et rouler par le balayage du vent, mais c'était un jeu, il ne m'aurait pas gardé longtemps en vol dans son mouchoir et m'aurait laissé retomber pour prendre aussitôt un autre enfant, une autre feuille, un autre papier. Le vent touchait avec la même force chaque créature, soutenait le saut d'un enfant comme il lançait les vagues contre le château au milieu du golfe, éclaboussant son faîte. Quand il était si fort nous prenions la fuite, mais même pour échapper à la bourrasque tu n'avais pas envie de la maison.

Alors tu tirais un peu durement les mains de tes enfants en remontant par les trottoirs encombrés d'obstacles, voitures, détritus, chaises, draps. Toi seule savais où tourner puis je reconnaissais moi aussi, à la vue du mur de tuf, le chemin du retour.

Le plus souvent c'était à moi que tu parlais, mais pas de nos privations, de nos difficultés. Non, pas de ça et d'ailleurs je ne les aurais pas comprises, elles constituaient à mes yeux la seule condition de vie connue, aimée, elles étaient pour moi des règles comme l'était ta voix. Tu parlais de tout le reste et tu cachais ta peine due à nos soucis derrière celle des choses du monde. Tu me mettais au courant de tristes nouvelles. Un tremblement de terre avait détruit une population, les anchois avaient augmenté, le propriétaire avait expulsé ces vieux de leur misérable logement au bout de la ruelle. Je ne retenais rien ou presque de ces informations, pourtant je prenais part à la douleur et au péril du monde qui m'entourait et où s'acharnaient les coups du sort auxquels ne pouvait s'opposer aucune bravoure. Le mal allait bon train et s'aguerrir ne suffisait pas. Toi, tu te plaignais de lui, du monde, auprès de moi. Tu faisais des pauses, tu reprenais, nous traversions des rues : nous passions tant de temps ensemble et toi tu ne cessais de raconter, tu ne me demandais rien. Moi je pensais que tu attendais de moi une réponse à tout ce que tu recueillais sur la douleur des gens. Pourtant tu ne me posais pas la question. Ma seule habileté reconnue était de trouver l'équilibre vertical de quelques objets, c'est ainsi que je pensais au mal comme à une toupie que je pouvais faire tenir en équilibre sans qu'elle tombe. Peut-être était-ce cela que tu attendais de moi en me racontant les choses du monde. Pourtant tu ne me le demandais pas. Alors, je ne sais comment cela se produisit, je compris que je n'étais pas témoin de tout ce mal et du monde, mais responsable. Toi, tu en faisais l'inventaire, m'en demandant compte rien qu'en parlant. Oui, maman, derrière son silence rêveur un enfant crut être la dernière parcelle de Dieu, fragment détaché d'un créateur qui avait laissé échapper son œuvre de sa bouche et de ses mains. En cet enfant, Dieu ne savait plus quoi faire ou quoi dire, sinon écouter.

Je ne l'ai pas fait exprès : c'est cela que je pensais, sans arrêt, sous le flot de tes histoires. C'était une bonne formule pour absoudre un enfant, mais bonne aussi pour enchaîner un Dieu aux malheurs du monde. Je ne l'ai pas fait exprès : je comprenais le monde, ne me souvenant plus l'avoir engendré. Je ne m'étonnais pas, puisque je n'avais même pas souvenir de ma naissance. Du reste aucun Dieu n'a souvenir de la sienne.

Si je suis resté catholique c'est parce que cette religion parle d'un rapport entre mère et fils semblable à celui que j'ai connu avec toi durant toute mon enfance. Il advient entre une Marie douloureuse et revendicatrice et un fils qui, en silence, croit être envoyé puis oublié par le père de l'univers. De telles désolations indicibles naissent d'autres mutismes d'enfants. Toi tu racontais et moi je me taisais. Tu ne me demandais rien. Il devait s'être écoulé un temps assez long depuis l'origine dont je me sentais responsable. Le monde avait grandi sans surveillance. L'Écriture parle d'un autre fils de Dieu et d'une mère qui le pria d'intervenir. Il manquait du vin, mais lui comprit qu'il s'agissait de son sang. Il fut incorrect, lui refusa le nom de mère en l'appelant femme, lui dit même que son heure n'était pas venue. Mais il se trompait et lui obéit enfin, car les mères savent quand vient l'heure.

Une grande partie du destin de chacun dépend d'une question, d'une demande faite un jour par quelqu'un, personne chère ou inconnu : on réalise soudain qu'on attend depuis longtemps cette interrogation, peut-être banale, mais qui sonne comme une annonce et on sait qu'on tentera d'y répondre par toute sa vie.

Toi, tu ne me demandais rien. Parlant tristement du monde à perdre haleine, tu rentrais à la maison avec ton convoi, ta petite fille qui dormait dans sa poussette et ton petit garçon à côté qui écoutait, ressassant dans sa tête une rengaine privée de sens : je ne l'ai pas fait exprès.

Peut-être parce que tu ne m'as rien demandé, ni prié de chercher à soulager les misères du monde : peut-être pour cela seulement n'ai-je pas dû me changer moi-même en réponse, écho dilapidé d'un père trop lointain.

Je suis resté catholique, mais je n'ai pas aimé la religion. Prier pour moi ne fut jamais solliciter. Dans les moments les plus brûlants, je suis entré dans une église non pour demander, mais pour me sentir loin. Si Dieu était une circonférence, l'église en serait le centre, le point le plus éloigné possible. De son extrême éloignement, j'éprouve le seul sentiment religieux qui me soit permis, la nostalgie.

Je suis entré à l'église pour me taire en elle, dans la faible lueur des cierges, près du murmure d'un fidèle. Ainsi faisais-je le vide dans ma tête, tout se brouillait au point d'imaginer que la flamme des mèches murmurait et que la prière de mon voisin brûlait. Je le voyais baisser la tête sur l'ombre de sa poitrine et remuer les lèvres du seul souffle qu'on parvient à émettre d'aussi loin.

Tu nous emmenais avec toi quand tu allais à l'église, pour ne pas nous laisser seuls à la maison. Nous nous rendions l'après-midi à l'immense basilique de piazza Plebiscito. Toi tu priais en t'éloignant de nous. Tu changeais de banc, tu t'installais sur une barre de bois, plus à l'écart, à genoux, immobile comme une plante, branche de ce bois. Tes propres mots : « Quand je prie je ne suis plus mère, fille, femme. Je suis moi-même, séparée de tout, comme si j'étais seule depuis toujours. » « Mon fils, je suis heureuse ainsi. »

C'était comme ça. Tu nous laissais assis sur notre banc sous la gigantesque coupole. Tu devenais arbre, nous attendions que Dieu te rende à nous.

Moi je ne regardais pas de ton côté, il valait mieux que je ne te voie pas. Immobile, dans la pénombre qui éloigne : j'étais pris de découragement. L'obscurité était la grille de Dieu, là habitaient toutes les absences, toutes les distances.

Ma petite sœur me tirait discrètement par la manche, elle voulait me faire voir quelque chose, car elle, elle regardait souvent de ton côté, elle en avait assez, il était tard, elle n'aimait pas rester ainsi sans bouger. Je regardais fixement les cierges allumés, points de repère pour garder courage dans le noir, le noir de toujours. Je regardais les cierges jusqu'à ce que tu reviennes. Comme il était agréable alors de sortir de l'église, légers, de remonter les ruelles, même celles qui n'avaient pas de réverbères, en frappant un peu plus fort le sol de nos semelles, pris d'une soudaine allégresse.

La lumière de la ruelle n'atteignait pas le sol. À midi elle descendait jusqu'au premier étage, puis remontait. L'hiver elle restait encore plus haut. La maison était enveloppée d'une ombre constante. Chacun de mes souvenirs reste confiné derrière d'opaques fenêtres, aux rideaux toujours tirés alors qu'elles n'avaient pas de rideaux. Le soleil était bien digne de sa réputation, on s'y rendait comme on descend vers une place avec des seaux vides pour puiser l'eau. On revenait fatigués autant par la lumière qui avait rempli nos yeux que par la montée.

Plus tard j'ai retrouvé le goût de l'ombre, fragile abri ; en m'éveillant, aujourd'hui, la forte lumière matinale me fait l'effet d'un vase qui se brise.

Quand arriva le temps de la nouvelle maison, le soleil nous enveloppa et l'obscurité entra progressivement dans les yeux de papa. Il prenait beaucoup de photographies, il en fit par centaines, jusqu'à ce que son viseur s'offusque et que sa cible lui échappe. Ses gestes devinrent imprécis, brouillés par la cécité rapide qui ne lui laissa pas le temps de se faire à l'idée d'arrêter. Trop vite il ne sut plus marcher dans la rue, reconnaître les gens. Il n'eut pas le temps de se créer un espace mental qui l'aurait guidé vers les objets environnants, du linge dans l'armoire aux verres sur la table. Il était vaincu par le déplacement des objets, rebelle à son contrôle approximatif de la distance. Ses plus malheureuses tentatives le laissaient tout d'abord en proie à un découragement sans remède, puis sur cet échec il brodait une petite histoire dont on souriait entre nous.

À cette époque, mon bégaiement défaisait lentement ses nœuds dans ma bouche.

Avant que ne vienne le temps des récits de ses mésaventures, il nous arrivait souvent d'évoquer un autre personnage pour ses retentissantes méprises de myope. Il fut le souffre-douleur notoire de toute une société, il inscrivit les conséquences de ses dioptries au catalogue des distractions de gens qui ne le connaissaient pourtant pas.

Même l'incident qui faillit lui coûter la vie

fut marqué du sceau du ridicule. Tel est probablement le destin des infirmités que d'exposer ceux qui les subissent à une dose supplémentaire de tragique et de comique. Ces personnes-là choisissent au moins une fois dans l'existence d'accroître leur part de risque pour ne pas succomber à ce ridicule.

C'est ce qui se passa pour lui aussi. Arrivé avec sa barque dans la petite baie du Cenito par un matin d'été, il s'apprêtait à jeter l'ancre. Il était habillé comme un gentleman en croisière, casquette de capitaine, veste bleue, pantalon blanc et souliers fermés. De son cercle nautique, en le voyant partir ainsi, les commentaires fusaient : c'est Gabriele D'Annunzio qui lève l'ancre. Conscient de se distinguer parmi les nombreuses embarcations au mouillage dans la baie, il essayait d'exécuter avec adresse et désinvolture les manœuvres nécessaires. Sa perception imprécise des détails allait se révéler navrante. Saisissant l'ancre avec force, il la lança au loin tandis que la corde, se déroulant à toute vitesse, lui attrapait une cheville et l'entraînait à sa suite par-dessus bord, dans la mer. Il disparut, englouti par le fond en même temps que la masse de fer. C'était déjà un homme d'un certain âge et il serait resté trop longtemps sous l'eau sans l'intervention rapide d'un marin qui passait par là et qui avait assisté, curieux, à toute la scène. Il plongea derrière lui et réussit à le repêcher sain et sauf.

Une autre anecdote rapportait que, entrant précipitamment dans les locaux du cercle nautique après une promenade en mer, poussé par un pressant besoin naturel, il avait atteint les toilettes sans se rendre compte qu'entre lui et l'installation hygiénique convoitée se trouvait un colonel qui occupait déjà l'endroit, déversant ainsi sur l'officier, pris à revers, presque tout le contenu de sa vessie. Il s'ensuivit un défi en duel qui ne put être relevé.

Cet homme qui avait vécu seul toute sa vie, souffre-douleur capable d'endurer les mots d'esprit et les plaisanteries d'une des plus féroces sociétés humaines s'adonnant à la caricature, eut l'abnégation d'alimenter les histoires sur son compte en fournissant consciemment des détails plus que personnels.

Il mourut à l'âge d'environ soixante-dix ans, par suicide, en se jetant du haut d'un immeuble. Une infirmité venue s'ajouter aux autres l'empêchait de se rendre au cercle tant aimé qu'il avait fréquenté tous les jours de son existence. Quand j'étais enfant, au récit de ces anecdotes, j'avais un sourire grimaçant et forcé, dû au seul talent du conteur de service. Les bavardages sur sa cécité, qui continuèrent après sa mort, finissaient par un « pourtant ». Pourtant il s'est suicidé. Un seul mot, une fenêtre ouverte, une minute rééquilibrait en gravité, en tristesse, toute une vie qui en avait manqué involontairement. Pourtant. On en faisait un usage adversatif, comme pour dire : contrairement aux prémices d'une vie légère, à part, et devenue prétexte pour les autres, il a conclu avec fermeté. Je n'étais pas convaincu par ce pourtant. En fait, il convient de dire : c'est pourquoi. C'est précisément grâce à l'endurance dont il fit preuve tout au long de sa vie qu'il lui sembla indigne de tolérer d'autres mutilations. C'est précisément grâce à ses nombreuses dioptries que le vide d'un précipice ne lui sembla pas plus effrayant qu'une autre plaisanterie sur son compte.

L'école commença et mes obligations se multiplièrent. Tu étais là pour me les rappeler. Le maître était irascible, il avait la main leste, les tabliers étaient noirs. Nous avions l'air de petits prêtres aux soutanes courtes. Nous étions maigres, avec des jambes raides comme des baguettes. L'hiver, elles devenaient rouges. Ce maître, aux traits burinés, ne tolérait pas que les élèves se moquent de mon bégaiement et, lorsqu'il m'interrogeait, il lançait sur la classe des regards menaçants pour la décourager. Le rire n'est pas aussi spontané ni indifférent aux circonstances, il lui faut bien toutes ses aises pour éclater. J'étudiais de bon cœur.

Dans le secondaire, la situation se modifia, mais à cette époque tout était sens dessus dessous dans notre vie. Nous étions sortis des restrictions et moi je ne m'habituais pas à ces nouveautés, pas plus à la maison qu'à l'école.

Des premiers temps de cette scolarité il ne m'est resté qu'un seul épisode.

L'habituel sujet de rédaction sur la façon dont nous avions passé nos vacances de Noël excita mon imagination et j'inventai une excursion en montagne, à la neige. La chose n'était pas vraie puisque je n'y étais jamais allé, pourtant j'en avais entendu parler et j'imaginais la neige moitié lait, moitié ouate, laine de la terre. Par erreur j'écrivis que la montagne se nommait Maltaise au lieu de Matese, car à cette époque-là, dans notre ruelle, on avait emmené plusieurs personnes à l'hôpital à cause d'une fièvre qu'on appelait maltaise. Je pensais que c'était aussi le nom de la montagne. Beaucoup d'erreurs de ce genre ont eu en moi la vie dure car je ne posais pas de questions aux grands. Papa avait raison, j'étais un enfant qui ne savait pas demander. C'est ainsi que j'écrivis sur le sujet ce que j'avais imaginé. Le maître, qui lui aussi n'était peut-être jamais allé à la neige, apprécia mes inventions au point de lire ma rédaction à toute la classe, ce qui ne s'était jamais produit jusque-là. Je me sentis trahi. Je n'avais jamais pensé que les devoirs d'école étaient des choses publiques que tout le monde pouvait écouter. Pour moi ils étaient des exercices secrets entre le maître et chacun de nous. J'eus du mal à entendre la lecture de mes boniments : tout était plus grand sur la neige, les toits des maisons, les arbres recouverts, même les personnes emmitouflées dans de lourds vêtements. Les skieurs survenaient, rapides comme des canots automobiles, et soulevaient des nuages de neige semblables à de l'écume. Je me jurais de ne plus écrire de mensonges. En dire, non je n'en disais pas et tu étais inflexible sur ce point. Les écrire pourtant ne me semblait pas un péché, c'était beau d'inventer. Puis vint ce sujet et j'eus la preuve que même l'écriture, privée de son secret, devenait un mensonge.

Dans le secondaire, les maîtres étaient nombreux et n'avaient plus droit à ce beau titre, devant se contenter d'être appelés professeurs. Il y avait une réduction dans ce passage de l'enseignant unique au multiple, il y avait une réduction dans mon parcours après l'âge de dix ans, même les choses, alors qu'elles paraissaient plus grandes, étaient plus misérables.

Mes nouveaux enseignants étaient aussi de bons professeurs, exigeants mais pas coléreux comme cet homme maigre et possédé de l'école primaire. Pourtant mon bégaiement les agaçait. Ils faisaient cesser le rire des élèves quand il avait déjà éclaté et seulement parce qu'il était bruyant. J'appris à ne plus y prêter attention. Il devint pour moi un bruit semblable à celui du tram qui passe, il fallait donc se taire tant qu'il ne s'était pas éloigné.

Pourtant, lorsque je discutais avec un camarade devant l'école, mes difficultés ne faisaient pas rire. N'y avait-il qu'au tableau que mon bégaiement devenait ridicule ou était-ce parce que alors j'étais seul exposé à leur jugement tandis qu'eux se trouvaient à l'abri ? Aujourd'hui comme en ce temps-là j'ignore qui est responsable des blessures faites à autrui, la nature même des personnes ou bien celle des institutions qui les gouvernent. Les difficultés de l'école étaient peu de chose face aux grands changements de notre vie. Plus de ruelle, plus de draps tombant de l'étage supérieur et faisant écran à notre cuisine. Ils étaient humides mais ensuite, claquant au vent, ils séchaient. Nous abandonnâmes l'air confiné, la petite pièce où je connus le monde avec la lenteur qui convenait, la fenêtre au-delà de laquelle je regardais, écoutais. Il y avait une nouvelle maison autour de nous, une chambre pour chaque enfant, le salon, une salle à manger, la terrasse. Enfin arriva aussi Filomena. On ne parla plus de l'autre quartier.

Avec le temps j'ai reconstitué les efforts

que vous faisiez pour résister au milieu si pauvre où il vous fut donné de vivre. Vous veniez de familles aisées que la guerre avait appauvries. Vos maisons, tous vos biens et vos souvenirs s'étaient écroulés sous les bombardements, qui à Naples furent nombreux. Durant des années vous avez, dans la pauvreté, résisté à la pauvreté. Vous ne vous êtes pas intégrés à la ruelle, vous n'avez plus fréquenté vos amis d'autrefois car vous ne pouviez les recevoir. Vous vous en êtes sortis, seuls tous les deux, et le jour vint où votre aisance perdue vous fut restituée. Vous n'avez changé en aucune manière. C'était comme si justice vous avait été rendue au terme d'un long procès. Vous aviez eu raison, voilà tout. Vous n'avez pas protesté contre les années difficiles, vous n'avez tiré aucune fierté du présent. Pourtant jamais plus un mot sur la ruelle.

Ma petite sœur s'habitua vite aux attraits du changement et fut heureuse. Moi j'avais du mal. Toi, maman, tu as été une enfant puis une jeune fille élevée dans des maisons confortables et de beaux quartiers. Il était naturel que tu souhaites retrouver ces conditions de vie. Mais moi j'avais grandi dans cette ruelle et tous mes sommeils étaient à l'intérieur.

Certes, je n'en faisais pas vraiment partie. Je rentrais à la maison avec mon cartable et mon petit tablier noir alors que les autres enfants se jetaient des pierres, tuaient des rats, travaillaient en tant que commis dans les boutiques. Moi je m'étais déjà baigné plusieurs fois dans la mer, à Ischia, en maillot, eux ils étaient peut-être allés quelquefois barboter nus dans l'eau pestilentielle du bord de mer. Mais il y avait notre maison : elle contint toute mon enfance, tes paroles amères, l'air qui nous manquait, le silence de papa qui rentrait tard le soir, accablé de kilomètres. Nous dormions déjà, vous fermiez la porte, vous échangiez quelques mots, vous écoutiez la radio. Voilà la vie qui nous était offerte, la seule connue, la seule condition aimée. C'était la maison de mon enfance, celle que vous vouliez quitter et pour l'heure vous y viviez, épargniez, attendiez. J'ai compris ces choses-là bien plus tard, je les ai comprises tout seul. Je n'étais qu'un enfant en ce temps-là, dehors il y avait une ruelle inlassablement pleine de voix, de cris, de fumée de charbon de bois et à l'intérieur une famille obstinée qui affrontait les privations, exigeant beaucoup d'elle-même et de ses enfants, beaucoup d'étude, beaucoup d'intelligence, beaucoup d'obéissance. L'enfant mettait tout ensemble et sa vie était pauvreté et lutte secrète pour lui résister, le petit tablier qui se couvrait de craie et les engelures, la fièvre et les caresses. Après rien ne fut pareil.

Rien ne fut pareil. Dans la nouvelle maison s'écoulait une autre vie. Ma petite sœur recevait déjà des amies de sa nouvelle école, papa rentrait plus tôt apportant des livres qu'il lisait au salon, toi tu t'affairais à tant de choses que tu avais toujours négligées. Je ne parvenais pas à étudier. Par la fenêtre je voyais passer toutes les couleurs. De la cuisine de la vieille maison je fixais le mur de tuf d'en face, en levant les yeux de mon livre d'école. C'était de la vieille pierre, aux trous d'écoulement envahis par des touffes d'herbe. Je le connaissais comme un alpiniste connaît sa montagne et sait toujours où mettre les mains. Je savais où poser mon regard pour penser aux couleurs et les voir apparaître. Je fixais un point de ce mur, toujours le même, et de là s'étalait une tache bleue qui recouvrait tout. Je commençais par le bleu, couleur de l'encre que ma plume laissait sur le buvard, puis venaient les autres.

Dans la nouvelle maison, à la fenêtre, les couleurs étaient déjà toutes composées. Le ciel était au-dessous de nous, l'air n'était pas chargé d'odeurs, je regardais par les vitres le monde grand ouvert. La tête vide et le regard soucieux, je ne savais plus rien de ce que je voyais. Le Vésuve était noir avec ses maisons et ses petits villages blanchis. Le ciel avait des espaces sans limites, sans lignes de toits ni de balcons et je pouvais regarder tous les avions qui faisaient du bruit. Les nuages déconcertaient le vent, se désagrégeant dans leur course, et le vent courait, aboyant comme un chien de berger pour les garder rassemblés en troupeau. Vers le soir, toutes les formes possibles s'apaisaient en lignes de rouge où le soleil descendait, appelant tout le ciel à se déchirer, à disparaître.

Je ne parvenais pas à étudier, je ne parvenais pas à imaginer.

Les choses allaient mal pour moi. Vous me faisiez des reproches que je n'avais jamais entendus. Je sentais croître en moi une obstination à me taire. Je n'aimais plus les repas, l'étude ni mes nouveaux camarades avec lesquels je ne me liais pas d'amitié. Je fus recalé en trois matières. De bon élève je devins une nullité. Je n'avais plus aucun plaisir à comprendre le cours, à lire le suivant l'après-midi pour savoir à l'avance ce que j'allais apprendre. Rien désormais ne viendrait facilement. Les temps nouveaux étaient incompréhensibles : il y avait entre vous des disputes, nous avions une automobile, des gens venaient à la maison nous rendre visite. Moi je n'étais plus intelligent. J'étais indifférent aux nouvelles facilités, je ressassais vos reproches, je m'y plongeais pour essayer de me reconnaître à contre-jour.

Je ne me sentais pas fait pour rester à cette fenêtre face au ciel. Je me mis à étudier à la cuisine. Dans le bruit des travaux de Filomena je parvenais à m'appliquer, mais je ne fus plus un bon élève.

C'est à ce moment-là que je pris l'habitude de ne pas terminer mes devoirs, d'en laisser une partie en blanc. Lors des interrogations aussi je gardais pour moi une partie de la réponse que je devais à l'enseignant. Je me réservais une part d'incomplétude, les choses allaient mal pour moi, je commençais à grandir.

Le quartier où nous habitions se trouvait sur la colline au-dessus de Mergellina. Dans cet ensemble de maisons de construction récente vivait une population d'inconnus réciproques. Nul ne disait d'où il venait, ils semblaient tous avoir poussé en ce lieu en même temps que les maisons. Peut-être étaient-ce des familles comme la nôtre, dont les conditions économiques s'étaient brusquement améliorées. Impossible à savoir. La consigne était de se comporter comme si l'on habitait là depuis toujours. Quelques-uns, insensibles à l'atmosphère de respectabilité, criaient chez eux, étendaient leur lessive non pas à l'arrière où se trouvaient cuisines et salles de bains, mais du côté exposé au soleil, jetaient de l'eau dans la rue. On se plaignait de leur comportement, on s'énervait. Je compris là qu'on peut s'indigner de choses qu'en d'autres circonstances on doit tenir pour normales. Cette nouvelle désapprobation me fit penser au rire que déclenchait mon bégaiement pendant les interrogations en classe. L'indignation elle aussi, comme le rire, devait avoir toutes ses aises pour se manifester. Il en était de même pour la pudeur, comme pour l'amour et toutes les ramifications que renferme le cœur humain. Je compris que certaines circonstances permettent de vivre aussi sans ramifications, sans y perdre en racines, en consistance. Je compris, je compris, je ne sais si je peux m'exprimer ainsi. Ce n'étaient pas de vraies pensées, mais des informations que j'accumulais à la suite d'un déménagement pour moi irréparable.

Dans les maisons neuves seuls les Américains étaient à leur aise. Mais eux sont les étrangers du monde, depuis toujours ils habitent dans des quartiers de construction récente, dans des villes au crépi tout frais.

La nouveauté pour eux est une habitude. Ils sont étrangers jusque chez eux. Ils avaient des voitures gigantesques, leurs propres écoles, des vêtements si bien conçus pour les jeux des enfants.

Ce fut là que je découvris la beauté. Jamais auparavant, c'est-à-dire avant l'âge de onze ans, je n'avais pensé qu'il y eût des enfants beaux et des enfants laids. Je savais qu'il y en avait de pauvres et de riches, de bien portants et de malades, mais je ne les avais encore jamais distingués de la sorte. Ma mémoire, qui avec le temps s'échauffe à certains mots au lieu de se refroidir, me renvoie des images de petites filles américaines très belles, expertes dans leurs jeux, aux dents saines, vibrantes déjà de féminité. Elles jouaient entre elles et refusaient tout rapport avec qui n'était pas Américain. Dans un coin de jardinet, les enfants de ces maisons, et j'en faisais partie, descendaient regarder. Nous voyions le gant de base-ball, la balle de cuir que l'un de nous parvenait à toucher quand par mégarde elle tombait de notre côté ; nous étions étonnés de leur dextérité. Nous, nous avions le football et nous tirions contre une porte qui était l'entrée d'un garage. Je restais volontiers à regarder les Américains. À ce moment-là, les autres petites filles me semblaient laides, leurs larmes aussi. La beauté, découverte avec l'émotion de l'étranger, devait forcément être ainsi : parler une autre langue, appartenir à un monde riche, être blasée de l'admiration elle-même. Aucun enfant ne devint l'ami d'un Américain. Certains, vexés, étaient hostiles à ces gens venus de loin qui habitaient chez nous en nous évitant. Moi je ne pouvais pas. Leur comportement ne me blessait pas. Ils étaient d'une autre terre où les qualités qui me surprenaient étaient sûrement prodiguées à condition de ne laisser approcher aucun étranger. La créature qui passait devant moi me faisait rougir par sa beauté, elle avait les yeux remplis de son monde, elle ne pouvait me voir. Moi j'ouvrais tout grands les miens sur elle, sur les fenêtres qui reflétaient le rouge du soir et je me laissais entraîner par l'heureux vertige de l'enfant qui rêve d'être invisible. Par le balcon de la cuisine où j'étudiais, montaient les sons de leurs jeux, des noms par lesquels ils s'appelaient, de leurs éclats de rire, eux aussi différents des nôtres.

Seul entre tous les enfants je réussis une fois à être regardé. Je jouais avec les pierres en cherchant en elles le point de repos qui permet l'équilibre instable. Je réunissais ces points, j'élevais les cailloux l'un sur l'autre. Alors que j'étais penché sur ce jeu fragile dans un coin du petit jardin, elle arriva. Je levai la tête et sous la mèche lisse de son front ses yeux brillèrent. Je les vis d'en bas, là où j'étais accroupi : contre le ciel sa tête blonde me regardait de ses deux fentes vides. Il me sembla que son visage avait deux trous à travers lesquels on pouvait voir le ciel. Moi je le voyais. À travers les miens peut-être voyait-elle la terre. L'étonnement nous figea, puis elle rit, puis les pierres tombèrent, puis sa mère l'appela d'un nom suave que je ne veux pas me rappeler. Jamais elle ne revint.

Aujourd'hui, les Américains habitent dans des quartiers qui leur sont réservés. Aucun enfant venu d'une ruelle n'habite plus près d'une petite Américaine blonde, ni ne rougit sur son passage, ni ne l'admire.

À cette époque je devins têtu. Il était faux de prétendre que je n'étais plus l'enfant qui écoutait tes nouvelles, faisait bien ses devoirs, marchait d'un pas rapide dans la rue pour suivre ton rythme. Ce n'était pas moi qui changeais, c'était le monde, tout embrouillé, qui se mettait à faire un autre bruit, un autre silence. Tu ne me parlais plus, tu ne me racontais plus les choses qui arrivaient, les enfants battus, la voiture blanche qui les emportait, le tailleur qu'on ne voyait plus.

Tu disais que j'avais changé, je te l'entendais même répéter à papa en parlant de mes transformations physiques afin de révéler aussi les autres. Mes mesures avaient fait un bond, mes mains s'étaient allongées en même temps que mes jambes. Le défaut de mes pieds plats et de ma démarche en canard s'était accentué.

L'adolescence de mes pieds commença. Pendant cinq ou six ans j'ai porté des chaussures spéciales pourvues de semelles orthopédiques en fer, cambrées, pour corriger ma voûte plantaire.

Chaque année à l'automne nous allions changer la forme qui s'était usée. L'atelier se trouvait dans l'ancienne cour d'un palais seigneurial, où quelques boutiques occupaient les locaux qui servaient autrefois d'écuries. Semblable au ferrement des sabots d'un cheval, ainsi se présentait dans mon esprit ce renouvellement périodique des semelles. Le maréchal-ferrant se baissait de mauvaise grâce sur mes pieds pour en prendre la mesure. Dans ses vitrines étaient exposés des jambes, des bras et des prolongements artificiels. Il était au service de souffrances et d'infirmités atroces. J'avais honte de moi et de mon petit malheur qui consistait à me soumettre au ferrement annuel devant les autres enfants assis, attendant leurs appareils. Tout était silencieux.

C'était déjà bien qu'ils puissent se les procurer, me disais-tu, car ils coûtaient assez cher. Ils avaient la chance de pouvoir ajouter à leur blessure une prothèse, essayant au moins de marcher à nouveau. La poliomyélite avait laissé assis pour la vie toute une foule d'enfants à Naples, durant les dernières années.

J'avais honte deux fois par an : quand on relevait le contour de mes pieds et quand nous revenions dans cette cour chercher le produit confectionné. Seule la douleur des premiers pas, des premiers jours précédant le cal qui allait durcir ma peau sur la nouvelle forme, seule ma modeste douleur me redonnait un semblant de dignité face aux autres enfants.

Toi, tu étais agacée par mes premiers pas mal assurés sur le nouveau fer et tu me rappelais la souffrance de ceux qui supportaient de tout autres contraintes. Toi aussi tu avais honte devant les autres mères et tu supportais mal de ma part le moindre signe de gêne. Dans la rue tu pressais le pas, tirant derrière toi par la main un fils déjà grand, embarrassé de son corps et du spectacle qu'il offrait.

Mes pieds s'allongèrent et je devins grand sur des pas ferrés et un appui instable qui détermina une fois pour toutes ma démarche oscillante. Depuis lors je ne parvins plus à marcher avec légèreté. Cadence et équilibre me firent défaut car mon pied reposait sur son bord externe. Quand je cessai de porter ces chaussures je me sentis adulte : tous les pas faits dans ces formes m'avaient éloigné, comme s'ils avaient tous porté dans une seule direction. C'est injuste, mais de tels déclics se produisent d'eux-mêmes dans la tête d'un jeune garçon. Au lieu de te savoir gré de ton attention, il me sembla dès le début que ces fers étaient la prison où je devais rester pour n'être pas plus intelligent. Ils étaient les fers du prisonnier. Mots exagérés pour dire qu'il est des réclusions mineures où l'on passe finalement un temps très long avant de s'en libérer. Car c'est bien un acte de volonté subit qui décide du terme et l'on se demande pourquoi on ne s'en est pas délivré plus tôt. Pour ma part, je réponds que la volonté est plus impénétrable que le destin et qu'on l'exerce dans des moments si inattendus et cocasses qu'il faut se résigner à cette manifestation de soi comme à des caprices. Je savais que je n'étais plus intelligent, je n'étais pas un bon élève, je le comprenais bien tout seul. Pourtant ce n'était pas moi qui avais changé, mais tous les autres, même toi, et moi je ne réussissais pas à être fort dans ce monde qui avait brusquement surgi après mes dix ans. Moi j'étais toujours le même, je ne parvenais pas à le montrer, mais j'étais vraiment identique à moi-même. Maintenant encore je distingue peu de différence entre cet enfant et moi.

J'étais resté immobile à la seule place connue. Tous les autres étaient allés de l'avant et ailleurs, ils allaient tous plus vite. Avec mes chaussures spéciales j'allais doucement, je donnais légèrement de la bande et j'embarrassais les gens qui me croisaient car ils ne comprenaient pas de quel côté j'allais m'écarter.

Durant ces années d'adolescence le calme se fit en moi. Je parlais peu alors que je bégayais moins. Je trébuchais sur l'initiale de la phrase, surtout le *n*, mais ensuite je poursuivais sans faute. Si quelqu'un m'interrompait je continuais quand même, pour moi seul, pour finir la phrase. Je laissai de côté le jeu des objets en équilibre. Quand il m'arriva de le reprendre, je m'aperçus que je n'y parvenais plus. À dire vrai, ce n'est pas moi qui l'avais oublié, car je ne me souviens pas l'avoir jamais appris, et il me semble y être toujours parvenu. Ce n'est pas moi qui l'avais perdu, mais le jeu s'en était allé comme il était venu, sorte de lutin ami qui accompagne un enfant un bout de sa vie et puis s'en va, en silence, sans crier gare. Le calme se fit en moi, une autre compagnie.

Vous n'appréciiez guère cette nouveauté. Il fallait se dépêcher pour aller à l'école car elle était loin, revenir en courant pour ne pas arriver en retard au déjeuner, étudier plus vite. Non que je fusse lent, mais j'étais calme. Je suivais mal les gens à l'élocution rapide.

Tu me croyais indifférent à mes devoirs. Je pensais au contraire avoir trouvé mon propre pas pour les accomplir. Ça n'était pas suffisant, mais aucune semelle ne pouvait le corriger. Tu m'incitais à réagir avec plus de zèle. Je redoutais tes remontrances, je craignais d'être poussé vers une autre solitude qui ne consistait pas tant à être tenu à l'écart qu'à se trouver démuni de ses propres ressources. Le calme me rendait plus fort, à tes incitations j'opposais secrètement une foule de réfutations.

Tu me montrais en exemple quelque camarade de classe. Désinvolte jusqu'à l'effronterie, il parvenait à être bon élève, même sans étudier, grâce à son habileté à mettre en valeur ses connaissances. Mais moi je grandissais sans modèles capables de susciter en moi des émulations. Il y a des pauvres pour qui le riche n'est pas un idéal. Il y a des pauvres, matériellement et spirituellement, insoumis. Si de mon banc je ne répondais pas au professeur qui me posait la question laissée sans réponse par l'élève au tableau, ce n'était pas par sentiment de solidarité. Je n'en éprouvais aucun envers mes camarades. Par tempérament et non par conviction, j'étais hostile à la méthode qui nous incitait à rivaliser entre nous.

Le mal que tu m'apprenais à reconnaître, moi j'en voyais la cause dans les personnes. Je me surveillais pour ne pas le faire, car éviter à autrui ne serait-ce que le rouge au front relève de notre responsabilité. Tout le monde n'a pas eu de mère qui expliquait le mal.

Le calme m'isolait. J'évitais les fréquentes compétitions auxquelles à cet âge-là on est appelé de force. La concurrence qui, d'après certains, incite à se distinguer, avait sur moi l'effet inverse, me poussant à imiter des comportements. Tendus vers un résultat, mes camarades agissaient et réagissaient de la même façon lors des nombreuses épreuves scolaires. Ils n'apprenaient pas à être les meilleurs, mais s'initiaient à des techniques d'hostilité. Telle était aussi leur attitude au début envers les filles, elles qui disposaient d'un code bien à elles, infaillible et secret, pour décider qui était le meilleur.

Je me tenais à l'écart à cause d'un tas d'inextricables obstinations qui alors n'avaient pas de nom, pas plus que la forme d'explication à laquelle j'essaie aujourd'hui de les réduire.

Outre mon calme ma distraction te déplaisait. Je me laissais absorber par les assonances. Sur la table, à Noël, la clochette du manège entraîné par les bougies allumées me rappelait le tintement des gares de banlieue à l'arrivée du train ; dans les gares ce bruit me rappelait la table de Noël. Bien des choses offertes à mes sens avaient un goût d'ailleurs. J'étais, je le suis encore, souvent absent d'une absence impénétrable.

Tu pensais que je n'avais pas d'amour-propre. Tu voulais retrouver chez ton fils le tempérament de ceux qui cherchent à améliorer leur situation parmi les autres. Tu te désolais aussi que je tarde tant à m'intéresser aux filles. C'était un point délicat. Comme l'école où, pour que tout marche bien, il fallait se mettre en avant, affronter des rivalités, et pas seulement surmonter ses réticences. Je ne voulais pas. L'une d'elles me plaisait beaucoup, mais elle n'avait pas le temps de s'en apercevoir, son regard se portait sur un autre, puis sur un autre encore. Même l'amour allait vite. C'était un âge, peut-être en est-il ainsi aujourd'hui encore, où il fallait sortir de soi pour tenter de correspondre à une image type. Il n'était pas futile ; même si l'évocation de ces usages peut paraître insignifiante, leur ensemble n'en constituait pas moins le monde des grandes personnes et le moyen d'y accéder. On peut s'y déplacer avec aisance ou au contraire hésiter comme devant une foule compacte. Tant pis pour qui restait là, se tenant guindé dans son petit quant-à-soi. Ainsi n'y eut-il pas une fille à attendre durant mes années d'école.

Les mères sont susceptibles, elles ne laissent par leurs enfants prendre des libertés avec le passé. Lui que j'évoque en ce moment avec exactitude, mais peut-être pas avec vérité. Beaucoup de détails ne forment pas un souvenir, beaucoup de souvenirs ne constituent pas un passé. Que je ne te fasse pas de tort : il n'y avait d'autre passé que celui-là. Tu héritas d'un fils inapte aux devoirs que tu lui réservais, un enfant troublé qui, au jeu de l'incompréhension avec toi, accumulait des bribes d'identité.

Le passé me revient en mémoire avec une apparence d'intégralité, par un besoin d'appartenance à quelque chose, qui ce soir me pousse vers toi, vers une provenance.

Moi aussi j'ai eu vingt ans et j'ai fait le tour des bureaux et j'ai eu froid dans des antichambres, attendant qu'on m'appelle. Les mêmes froids me gagnent en cette heure où nous sommes, l'autobus et nous deux, sur la photographie. Un gel oublié remonte par mes pieds, sans frisson, un gel qui me coupe le souffle, un de ces gels qu'on n'a qu'à vingt ans. Comme si l'on sortait bien réchauffés le soir pour trouver dehors l'hiver, dur comme une pierre, fermé à la voix, le sentir nous arracher la chaleur du dos par petits bouts et une fois nus, vides, sentir son poids sur nos cœurs.

J'ai eu vingt ans et connu le froid des antichambres. Je me souviens de l'une d'elles, la plus étrange. Je m'étais présenté parmi tant d'autres à un bout d'essai cinématographique pour une brève figuration dans un film.

Je savais que l'action se passait dans un camp de prisonniers allemand. Quand mon tour arriva, on me dit d'avancer. J'étais sur une scène éclairée et les responsables étaient assis à l'orchestre. Je ne parvenais pas à les distinguer à cause de la forte lumière qui m'inondait. J'avançai de mon pas oblique et bringuebalant. Ils s'attendaient à une entrée martiale car ils passaient en revue les rôles secondaires des gardiens du camp. Je ne pouvais le savoir. Ils rirent. De l'obscurité de la salle montèrent des rires anciens, un bruit qui m'était familier. Je ne m'en allai pas, je ne rougis pas. J'attendis que ça finisse, mais j'avais du mal à bouger. Un gel avait gagné mes jambes, comme il prenait autrefois ma langue. Je restai raide et tordu, mes yeux ouverts scrutant l'obscurité, le vide au-dessus de leurs têtes, jusqu'à ce que l'un d'eux me demande si j'avais fait mon service militaire. Je ne compris pas la phrase, je ne répondis pas. Des hommes dans le noir s'étaient attendus à me voir dans la peau d'un gardien et leur déception allait jusqu'au rire. Je ne me vexai pas, je n'avais rien à voir avec leur travail, je n'étais que le passant d'une équivoque.

« Vous pouvez partir », dit enfin l'un d'eux,

une fois le silence revenu, pour me congédier. Comme pour moi-même je répondis : « Je n'ai rien fait. »

Je m'efforçai de remuer mes jambes gelées, la voix répéta : « Vous pouvez partir. » D'un pas martial un autre candidat entrait.

« Je n'ai rien fait. »

« Je ne l'ai pas fait exprès. »

Avec ma femme aussi j'ai continué à réfléchir sur le vide de ces phrases banales. Elles nous troublaient, mais nous réjouissaient également. « Tu m'as toujours aimée », me dit-elle un jour. Elle était déjà malade, moi j'étais à côté d'elle et sans faire attention aux mots je répondis mon « je ne l'ai pas fait exprès ». Ce qui la fit sourire. J'aimais quand cela lui arrivait. Son sourire était une ouverture inattendue dans une rue, une place ensoleillée. Pendant un moment je fermais les yeux pour le retenir dans le noir avant qu'il ne se retire. Je fermais les yeux pour le préserver.

Lorsqu'elle se mit à m'aimer elle s'était lassée de ceux qui courent l'aventure, toujours en voyage. Elle s'étonnait en ce temps-là que les expériences accumulées ne rendent pas les êtres excellents. Elle découvrait en eux des frivolités, des inconsistances. Nous nous connaissions depuis notre enfance, mais un beau jour elle m'observa en faisant un effort de mise au point. Un jour, dans un bar je pris son expression pour un reproche et m'avançai pour essayer de le dissiper en lui offrant quelque chose. Elle sourit. Je fermai les yeux un instant encore. Elle me prit la main, je lui écrasai un pied.

— Je ne l'ai pas fait exprès, lui dis-je.

— Ça n'est rien.

— Je peux t'écraser l'autre aussi.

— N'essaie pas.

Elle croyait que je faisais de l'esprit, mais c'était involontaire.

Que j'étais capable d'attentions, mais c'était improvisé.

Je la crus quand elle me dit qu'elle se lasserait peut-être de moi, mais qu'elle voulait m'épouser tout de même. Je la crus quand elle me dit qu'elle ne sortirait plus de chez nous. Elle était si jeune quand elle tomba malade à en mourir et me donna ses clés de la maison en les serrant dans mes mains.

« Pourquoi l'épouses-tu si elle ne t'aime pas ? » me demandas-tu.

C'était justement le faible enthousiasme de ce mariage qui me rassurait, la faible ardeur de sa décision. J'ai eu peur de l'équilibre instable sur lequel reposent les sentiments forts, les yeux fiévreux qui enveloppent la personne aimée, puis la dépouillent.

« C'est aussi bien ainsi, te répondais-je, son affection est sincère. »

« C'est une femme déçue et toi tu es un pis-aller pour elle », disais-tu.

Pour moi c'était une femme que de nombreuses légèretés faites ou subies avaient rendue experte, mais pas désenchantée. Je n'étais pas pour elle l'eau de vaisselle d'un rêve qui avait mal tourné, mais plutôt les gestes lents d'un réveil. Je représentais pour elle la réalité qui est parfois la découverte du banal sous un jour meilleur. Elle s'y sentait prête.

Notre controverse à son sujet eut des développements minutieux.

Toi tu disais des choses sévères, peut-être vraies, mais en exagérant la vérité. Moi j'essayais de réparer tes phrases, retouchant les mots qui cédaient au dénigrement des circonstances. Chacune de nos discussions à son sujet ressemblait à une séance politique dont il fallait rédiger un compte rendu commun.

C'était une marotte de bègue : être attentif au sens des mots, ne parvenant pas à en respecter la lettre.

En réalité ce n'était pas elle qui te déplaisait, mais tu blâmais mon comportement. Mes expériences, d'après toi, portaient toujours la marque d'une condescendance, de trop d'accommodement. C'étaient des occasions ratées de se montrer capable d'obtenir davantage. C'était vrai, je n'ai pas aimé les occasions, les opportunités soudaines renforçant les attentes de ceux qui croient au destin, au hasard ou à l'esprit d'initiative. Ce ne furent pour moi que fortes illusions, insolentes publicités de loteries. C'est pourquoi je n'avais pas, envers les circonstances, de tolérance, comme tu le disais toi, mais un amusement fugace, de qui change de sujet et détourne les yeux. Je ne t'ai pas convaincue. Quand je l'épousai j'avais trente ans et je n'avais pas connu d'autre femme avant elle.

Si nous n'eûmes pas d'enfants ce fut ma faute, les examens le prouvèrent. Quand nous engageâmes la procédure d'adoption, elle tomba malade. Comme il est étrange le temps des maladies qui n'est pas fait de jours, de nuits, de dimanches et de saisons à la fenêtre. Ce fut une succession d'heures, quelques-unes de répit, d'autres au contraire où la douleur virait dans son corps comme une toupie au mouvement perpétuel. Nuits et matins se confondirent dans notre chambre au point d'être indistincts. Elle ne voulut pas de l'hôpital, les dernières semaines elle refusa le médecin, ne tolérant qu'une infirmière quelques minutes chaque fois. Elle ne connaissait plus le sommeil, mais tombait dans de brefs assoupissements aux réveils toujours plus pénibles, car le mal allait plus vite derrière ses yeux fermés. Là où était son sourire, persistaient les fils.

Ses yeux vifs grands ouverts et curieux commencèrent à se cacher, se retirant dans le creux aride des orbites. Ils étaient lointains, ils regardaient derrière des rideaux. Je ne les laissais pas en paix, je les cherchais, je m'approchais tout près pour les appeler audehors, encore.

Elle maigrissait, perdait du poids, perdait d'amères paroles, des mots qui ne demandaient rien d'autre que d'être entendus. Une fois ses yeux partis, ses mains prirent le relais. Elles étaient infatigables, nerveuses, elles s'agrippaient aux miennes pendant des heures. C'était un nœud étrange qu'elle faisait avec ses doigts entre les miens, un nœud qu'elle tenait étroitement serré même quand elle sombrait dans le sommeil. « Ne dors pas, me disait-elle, attends », c'étaient ses mots dans la nuit de son mal, à la fin elle répétait seulement : « Attends-moi. »

Quand elle mourut je ne m'en aperçus pas. Je dormais sur la chaise, mes mains enlacées aux siennes, mes yeux fermés et les siens, ouverts, tournés vers moi. Lorsque je libérai mes doigts des siens, je fus seul sur terre.

Cette femme venue à moi fut ma part du monde. Nous bâtîmes des joies, étincelles d'une fête mineure mais continue. Elle fut ma part et je ne l'ai pas protégée. Elle est restée peu de temps avec moi, une brève période dans le cours de ma vie, mais elle est venue.

J'ai été une personne dans ce monde, non seulement les dix premières années de ma vie, mais aussi au cours de mes sept années de mariage.

Être au monde, d'après ce que j'ai pu comprendre, c'est vous voir confier une personne et en être responsable et en même temps être confié à cette même personne qui est responsable de vous. Ces sept années ne furent pas rien. N'y en aurait-il eu que la moitié ou la moitié encore, elles n'auraient pas moins compté. On ne peut se plaindre de la brièveté, ce n'est pas juste, mais de la trop longue durée, si. J'ai ressenti de l'embarras à vivre encore. Je n'éprouve plus de douleur à voir le ciel ressembler parfois à celui d'un mois d'août passé ensemble en vacances, mais je rougis de pouvoir le regarder, d'être resté. C'est de cela qu'il s'agit pour moi, d'être le reste de quelques personnes, de leurs effacements. Je porte le vide qu'elles m'ont laissé et, alors que mes mains se serrent, je sens monter en moi l'impatience et le besoin d'arrêter ce temps de la photo et de l'autobus.

Je la connaissais déjà quand j'étais adolescent. Nous descendions à pied de la colline, le matin, et sur le bord de mer nous prenions l'autobus pour aller à l'école. Nous empruntions une rue privée fermée par une grille ouverte dans la journée. On raccourcissait ainsi notre trajet d'un bon bout.

J'arrivais en avance et j'attendais que le gardien ouvre.

Pendant un certain temps elle vint plus tôt elle aussi. Nous ne nous étions pas présentés, pourtant nous nous voyions presque tous les jours puisque nous fréquentions la même école. À l'époque de nos seize ans, d'autres garçons lui faisaient déjà la cour. Nos rapports se limitaient à nous dire bonjour, toute autre phrase avait du mal à se détacher de ma bouche. Mes rares mots lui semblaient peut-être mesurés, peut-être paraissais-je plus mûr à ses yeux. Ma peau mate et ma maigreur pouvaient le laisser croire.

Je voulus espérer que c'était elle qui recherchait des occasions de rencontre, je m'enflammai à cette idée. Je pensais qu'il fallait faire quelque chose, pour la première fois de ma vie je ressentis l'urgence et l'aiguillon de l'initiative. Troublé par l'attirance, je prêtais au temps l'allure d'un galop, il s'enfuyait tous les matins et moi j'avalais avec ma salive les mots les plus beaux que je ne parvenais pas à dire. En tournant dans la rue, je regardais la grille. J'aimais la voir fermée, immobile dans ses gonds. Il existe aussi des grilles qui unissent, pas seulement celles qui séparent. La nôtre était vieille, écaillée mais encore verte, elle avait en son centre des lances qui pointaient vers le haut. Quand elle s'ouvrait, elle émettait un bruit sourd et pesant. C'était à ce bruit que nous disions bonjour plutôt qu'au vieux gardien qui la déplaçait avec peine, refusant notre aide.

Nous avons tous une grille dans un coin de notre mémoire, nous sommes tous restés hors d'un jardin. Il en fut ainsi pour moi lorsque je voulus parler. Je lui dis mes pauvres mots et ma folle espérance que tous les matins à venir demeurent identiques et qu'il y ait à jamais pour moi une grille où m'arrêter avec elle.

Je les prononçai si mal, si raides, et ils vieillirent en un instant.

Je ne trouvai rien d'autre à dire, elle sourit embarrassée.

Elle ne vint plus à la grille.

Pourquoi les mots étaient-ils si lourds de risque, pourquoi valait-il mieux le garçon muet qui scrutait une bouche depuis le tournant de la rue pour la voir se plisser et sourire ? Il y a des personnes à qui l'intention ne vaut rien, seul le hasard leur est propice. Le silence conservait à notre rencontre le bénéfice d'un événement fortuit. Il était la complicité requise. Celui qui la dévoile la fait disparaître. Je le sais, je n'ai pas le droit de déduire de telles considérations de si faibles indices, et puis il arriva qu'un garçon se mit à l'accompagner en vespa à l'école. Elle pouvait avoir changé de route pour bien des raisons, mais moi je tenais à m'en croire responsable, attribuant à quelques mots mal assortis d'amères conséquences. En fait, je ne croyais pas qu'une erreur soit forcément suivie d'un châtiment, non, ce n'est pas ce qui se passe, l'erreur commise me semble contenir en soi une pénitence, une diminution, pourtant à chaque faute correspond une solitude.

Je ne me rendis plus à la grille fermée.

Maintenant l'autobus s'ébranle, la vitre tremble et je frissonne de froid. Je vois encore ton lourd manteau, ton sac, mais pas tes yeux. Je ne sais plus si tu regardes vers moi. Il ne te fut pas permis de reconnaître ton fils vieilli, tu n'as vu qu'un homme qui te regardait à travers une vitre. L'heure qui arrive pour moi sera une heure quelconque de ton temps. Et pourtant tu me l'annonces, immobile sur une photographie, immobile au milieu des années, jeune comme jamais je n'ai réussi à l'être moi-même.

Une seule fois nos temps coïncidèrent, ce fut lorsque je naquis, rejeté hors de ton sac. Tu me vis moi qui étais aveugle. C'est l'heure opposée, toi tu ne me vois pas, moi si. Il y a une vitre et tu ne peux m'écouter même si je crie. Il y a une vitre qui te protège, il y a une vitre dans la mort de chacun.

Mon cœur se dilate d'un seul coup.

Lorsque prenaient fin tes chroniques du monde je sentais se desserrer une étreinte dans ma poitrine. Comme autrefois, maintenant un nœud se défait dans mon sang. C'est une douleur étrange, un brusque soulagement aussi. Elle me donne envie de me lever. L'autobus est bondé, les portes encore ouvertes. Peut-être puis-je sortir. La douleur et le soulagement me mettent debout, la douleur et la hâte me poussent sur les gens, clôture de foule compacte.

Tout contre eux, avant que les portes ne se referment, je m'excuse et je lève les bras pour saisir un appui. Ils se serrent autour de moi, je ne franchis pas la barrière de leurs vêtements, je rate l'appui, je tombe, maintenant je tombe sur eux, doucement comme si je glissais car il n'y a pas un centimètre où tomber.

Les phrases s'émiettent dans ma bouche, je retrouve mon bégaiement. Tout autour un vacarme retentit, mais ce ne sont pas des éclats de rire, j'entends des cris. Les mots aussi se superposent, la sonnerie, le cœur, ouvrez, à l'aide, des choses confuses que disent les gens. Ils s'agitent au-dessus de moi, ils touchent ma gorge, ma chemise, il n'est pas là le barrage de mes mots, que font-ils, ils me remuent, allongent mes jambes. Mes yeux sont au niveau de leurs souliers. Je revois les pieds nus de Massimo qui nage et en quelques battements s'élance au loin. Maintenant mon cœur bat de ces battements.

Tous les mots tombent à la renverse, moi je vais me poser sur le sable du fond.

Un jour, un dimanche, tu revins à la maison et tu racontas que tu avais vu un homme mourir dans un autobus.

DU MÊME AUTEUR

Aux Éditions Gallimard

ACIDE, ARC-EN-CIEL («Folio» nº 5302).

EN HAUT À GAUCHE («Folio» nº 5491).

PREMIÈRE HEURE («Folio» nº 5363).

TU, MIO («Folio» nº 5207).

TROIS CHEVAUX («Folio» nº 3678).

MONTEDIDIO. Prix Femina Étranger 2002 («Folio» nº 3913).

LE CONTRAIRE DE UN («Folio» nº 4211).

NOYAU D'OLIVE («Arcades» nº 77 ; «Folio» nº 4370).

ESSAIS DE RÉPONSE («Arcades» nº 80).

LE CHANTEUR MUET DES RUES, *en collaboration avec François-Marie Banier*.

AU NOM DE LA MÈRE («Folio» nº 4884).

COMME UNE LANGUE AU PALAIS («Arcades» nº 86).

SUR LA TRACE DE NIVES («Folio» nº 4809).

QUICHOTTE ET LES INVINCIBLES, *spectacle poétique et musical avec Gianmaria Testa et Gabriel Mirabassi*, Hors série DVD.

LE JOUR AVANT LE BONHEUR («Folio» nº 5362).

LE POIDS DU PAPILLON («Folio» nº 5505).

ET IL DIT.

ALLER SIMPLE.

Dans la collection «Écoutez lire»

LE CONTRAIRE DE UN (1 CD).

Aux Éditions Rivages

ALZAÏA.

REZ-DE-CHAUSSÉE.

LES COUPS DES SENS.

UN NUAGE COMME TAPIS.

Aux Éditions Verdier

UNE FOIS, UN JOUR (repris sous le titre PAS ICI, PAS MAINTENANT, «Folio» nº 4716 et sous le titre PAS ICI, PAS MAINTENANT / NON ORA NON QUI, «Folio bilingue» nº 164).

Composition Nord compo
Impression Novoprint
à Barcelone , le 8 février 2013
Dépôt légal : février 2013
1er depôt légal dans la collection : mars 2008

ISBN 978-2-07-034828-2 /Imprimé en Espagne.

252057